LUCÍA
solamente

RBA MOLINO

LUCÍA
solamente

Cuida de la pequeña Amélie

Charise Mericle Harper

Traducción de Librada Piñero

RBA

Título original: *Just Grace and the Terrible Tutu.*
Autora: Charise Mericle Harper.

Publicado por acuerdo con Houghton Mifflin Harcourt Publishing Company.

Copyright © Charise Mericle Harper, 2011.
© de la traducción: Librada Piñero, 2014.
© de esta edición: RBA Libros, S.A., 2014.
Avda. Diagonal, 189. 08018 Barcelona.
rbalibros.com

Diseño de cubierta: Compañía.

Primera edición: octubre de 2014.
Segunda edición: junio de 2018.

RBA MOLINO
REF.: MONL219
ISBN: 978-84-272-0818-6
DEPÓSITO LEGAL: B-15.544-2014

Impreso en España - *Printed in Spain*

*Mi agradecimiento especial a Leah
y a su madre.*

Una cosa que no sabía que no sabía

Los amigos del alma pueden estar llenos de sorpresas. Eso ya lo sabía, pero a veces el hecho de saber algo no implica que no te sorprenda cuando sucede. Por ese motivo, Mimi me pilló totalmente desprevenida cuando me dijo que me había estado escondiendo un secreto y que quería que leyera una carta especial. Aunque me moría de ganas de ir al lavabo, me senté al instante con la carta en la mano. Hay cosas más importantes que la naturaleza; además, soy casi una experta aguantándome.

Querida Nueva Hermana:

Me muero de ganas de conocerte. ¡Me hace muchísima ilusión! Mamá y papá dijeron que no podía hablarle a nadie sobre ti, pero me iba a explotar la cabeza, así que al final me han permitido explicárselo a Lucía. ¡Bien! Pero ella ha de prometer no contárselo a nadie, cosa que sin duda sabrá hacer, porque es muy buena guardando secretos.

Lucía es mi mejor amiga del mundo mundial y, ¿sabes qué? Vive justo al lado de mi casa, así que cuando nazcas podrás verla cada día, como yo. Tendrás que llamarla Lucía, no Lucía Solamente, como hacen en el colegio. Allí la llaman así porque cuando la señorita Lucero, nuestra profesora, estaba poniendo nombre a las cuatro Lucías de la clase, se confundió y bautizó a Lucía con ese por accidente.

Lucía es genial; seguro que te gustará. Mamá y papá también son bastante majos. A veces ponen normas, pero estoy convencida de que te acostumbrarás a ellas y no te importarán demasiado. Mamá es realmente buena leyendo cuentos a la hora de dormir y papá es un experto nadador. Cuando seas lo bastante mayor como para agarrarte a su espalda, se sumergirá contigo en el agua y volverá a salir como un delfín. Es divertidísimo, pero antes tendrás que aprender a aguantar la respiración y sacar burbujas. Quizá necesites unas cuantas clases para eso.

Mamá dice que me deja elegir cosas para decorar tu habitación. Te la voy a dejar preciosa.

También hay unos niños, Max y Pablo, que viven aquí cerca, pero no tienes que jugar con ellos si no quieres.

Te quiere,
Tu nueva hermana mayor,

Mimi

PD: Esos niños no viven en nuestra casa, pero puede que los veas por el jardín alguna vez.

Lo que puedes decir si algo te sorprende muchísimo

—¡Mimi! ¿Qué dices? ¡Vas a tener una hermanita! ¡Qué guay! ¡No me lo puedo creer!

Tuve que susurrar la parte del Qué guay, porque papá me dijo que ya no me dejaba emplear esa expresión. Está en la lista de palabras indebidas de la lengua. Intenté quejarme a mamá, pero ella se limitó a reponer:

—Eso es lo que pasa cuando tienes un padre que estudió lengua en el colegio. Además, eso

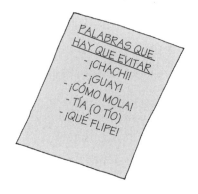

PALABRAS QUE
HAY QUE EVITAR
- ¡CHACHI!
- ¡GUAY!
- ¡CÓMO MOLA!
- TÍA (O TÍO)
- ¡QUÉ FLIPE!

significa que se preocupa mucho por ti y por cómo hablas.

Quizá sí, pero creo que, básicamente, le gusta inventarse normas.

Tenía mil y una preguntas para Mimi. ¿Tu madre está embarazada? ¿Cómo puede ser que no esté gorda? ¿Cómo sabes que va a ser niña? ¿Cuándo nacerá? ¿Te dejarán elegir su nombre? ¿Puedo ayudar a decorar su habitación? ¡Vaya! Me dejé caer hacia atrás en la cama y me quedé descansando un momento. No tener ni idea de algo y estar lleno de preguntas puede llegar a cansar muchísimo.

A Mimi le hacía ilusión explicármelo todo. Dijo que su madre no estaba gorda porque no estaba embarazada. Que en lugar de que su madre se quedara embarazada y tuviera un bebé, su familia adoptaría uno. Lo único de lo que no estaba segura era de si la nueva hermanita sería un bebé o una niña que ya caminara. Pero, fuera lo que fuera, Mimi estaba segura de que sería pequeña, linda y monísima. Le hacía muchísima ilusión.

EL CEREBRO YA ESTÁ PENSANDO EN NOMBRES DE NIÑA BONITOS

Enseguida me puse a pensar en nombres de niña bonitos, pero Mimi me advirtió de que quizá la hermanita viniera ya con el nombre puesto. La madre de Mimi ya había establecido unas cuantas normas sobre el nombre. Si la niña tenía dos o tres años, habría que mantenerle el nombre que trajera; solo se lo cambiarían si aún era un bebé.

—¡Vaya, Mimi! —Y tuve que repetir el «vaya» de nuevo, porque eso de tener una hermanita no te pasa cada día.

—Ya —dijo Mimi, y entonces, mientras ella se quedaba echada en mi cama, fui corriendo al lavabo.

Una cosa muy fuerte

Mimi dijo que estaba deseando que llegara su hermanita y que la espera se le hacía eterna.

—¿Cuándo llegará? —pregunté—. ¿Podéis ir el sábado?

Mis padres hacían casi todas las compras y los recados los sábados y los domingos. Una vez que compramos una mesa y unas sillas para la cocina incluso tuvimos que alquilar un camión y quedarnos a dormir en un hotel. Estaban lejísimos, pero a mamá le encantaban, así que papá estuvo de acuerdo en ir.

Mimi dijo que no creía que fuera tan fácil, porque su madre y su padre aún estaban yendo a entrevistas y pasando pruebas para ver si serían buenos padres. Mimi dijo que aunque eran unos padres geniales, no era suficiente.

—Y aún les queda por superar una superprueba —dijo Mimi—. Y tienen que escribir un montón de correos electrónicos, rellenar montañas de papeles y hablar muchísimo por teléfono. Y entonces, al final, después de haber pasado las pruebas, los examinadores vendrán a casa y lo mirarán todo. ¡Probablemente incluso mi habitación!

Al parecer todo eso le ponía un poco nerviosa, y tenía motivos para estar preocupada, porque su habitación era un desastre. No he visto nunca una habitación tan desordenada como la de Mimi. Seguro que tendría que limpiarla. Y, justo cuando estaba pensando eso, Mimi dijo:

—Seguro que tendré que limpiarla.

Era como si pudiera leerme la mente. Los buenos amigos son así.

PENSAMIENTOS TRASLADÁNDOSE DEL CEREBRO DE MIMI AL MÍO

PENSAMIENTOS TRASLADÁNDOSE DE MI CEREBRO AL DE MIMI

SEGURO QUE MIMI VA A TARDAR UNA ETERNIDAD EN LIMPIAR SU HABITACIÓN.

TARDARÉ UNA ETERNIDAD EN LIMPIAR MI HABITACIÓN.

Lo que no sabía

En cuanto terminamos de hablar de todo lo relativo a la nueva hermanita, de pronto recordé otra parte de la carta de Mimi sobre la que quería hablar. Me encantan los delfines, así que tenía que preguntarle a Mimi por su padre.

—¿Y nada como un delfín? Ya sabes, eso de subir y bajar dentro del agua… Si cierras los ojos, ¿te da la sensación de ir sobre un delfín de verdad?

Mimi hizo que no con la cabeza, pero dijo:

—Es bastante guay. Además, no tienes que preocuparte por los tiburones.

—Eso está bien —opiné yo.

Me había olvidado de los tiburones. Los tiburones pueden echarlo todo a perder.

ALETA DE
TIBURÓN
MALA

TIBURÓN MALO
Y MALVADO

ALETA DE
DELFÍN
BUENA

DELFÍN MONO
Y CARIÑOSO

Una aleta mala te puede echar a perder la diversión.

Antes de irse a cenar a su casa, Mimi me hizo prometer que no le contaría su secreto a nadie, ni siquiera a Augustine Dupré. Era una promesa difícil de hacer. Augustine Dupré es la auxiliar de vuelo que vive en el pisito que hay en el sótano de mi casa y, a pesar de ser adulta, es una de mis mejores amigas. Augustine Dupré tiene una gran cualidad: sabe escuchar. Me resulta siempre muy fácil sincerarme con ella. A veces le cuento cosas que ni siquiera sabía que mi cerebro estaba pensando. Las palabras salen de mi boca y van flotando por el aire directamente hasta sus oídos. Después de pensármelo un poco, concluí:

—¡De acuerdo, te lo prometo!

LOS OÍDOS DE AUGUSTINE DUPRÉ SON IMANES SUPERPOTENTES QUE TIRAN DE LAS PALABRAS Y LAS HACEN SALIR DE MI BOCA

Pero para mis adentros me decía: «No me va a ser nada fácil».

Mimi volvió corriendo para decirme algo

—Por cierto —dijo Mimi—. Puedes decírselo a tu madre, porque mi madre se lo explicó, y ya lo sabe.

En cuanto volvió a marcharse, fui corriendo a la cocina a buscar a mamá.

—¿Tú lo sabías? ¿Y por qué no me lo dijiste? ¿Cómo has podido guardar un secreto así y no contármelo, mamá?

Mamá me miró y preguntó:

—¿Qué secreto, cariño?

Mamá es muy escurridiza. No puedes engañarla para que te cuente un secreto fingiendo que ya lo sabes.

—¡El secreto de la hermana de Mimi! —grité.

—Ah —respondió mamá—. Ese secreto. Me alegro de que te lo haya contado. ¿Verdad que es emocionante? Ahora será la hermana mayor. Debe de hacerle muchísima ilusión.

Mamá estaba tan sonriente y feliz que casi me olvidé de que me había enfadado con ella por habérmelo ocultado.

MAMÁ

LLENA DE PENSAMIENTOS
DE FELICIDAD Y AMOR
HACIA MIMI

—Y ¿sabes qué, mamá? —Apenas podía esperar a explicarle la otra parte—. Le dejan escoger cosas para su habitación y, si es un bebé, puede que hasta elija su nombre. ¿A que es genial? Podría llamarla Daniela o Gabriela o Violeta o...

Y entonces me senté y cogí un papel para hacer una lista: estaba entusiasmada y mi cerebro pensaba en todo tipo de nombres guays. A veces, las grandes ideas no se te quedan en la cabeza; por eso es bueno escribir las cosas. Y suerte que lo hice, porque a los dos minutos mamá dijo:

—Vaya, he olvidado explicarte lo de la señora Lago. ¿Sabes que se ha marchado para cuatro meses?

Me quedé tan pasmada que si no hubiera tenido ya escrito «Rebeca» seguro que me habría olvidado de hacerlo. Y habría sido una lástima, porque «Rebeca» es un nombre de chica muy bonito.

Lo que le dije a mamá

—¿Por qué hay tantas sorpresas de golpe? ¿Por qué no pueden llegar de una en una? ¿Por qué tiene que haber cien cambios y cosas nuevas en el mismo día?

Mamá me dedicó esa mirada suya que significa: «No sé de qué me hablas» y: «¿Quieres hacer el favor de calmarte?». Utiliza la misma mirada para las dos cosas. Después de lanzarme esa mirada, siempre se lleva las manos a las caderas.

A veces esa parte me hace sonreír, porque estoy esperando a que pase, y cuando después en efecto pasa, pienso: «¡Ajá! ¡Sabía que ibas a hacer eso!».

—Vale, vale. Perdón. A ver, ¿cuándo se ha ido la señora Lago? —dije, tratando por todos los medios de evitar emplear un tono de fastidio.

Si mamá se huele que utilizo un tono de fastidio, seguro que me suelta la charla de la actitud. Y no quería que me sermoneara acerca de qué tono era el apropiado para cada situación; quería que me explicara lo de la señora Lago. Mamá tardó un buen rato en contarme la historia de la señora Lago. Añadió un montón de detalles que no me interesaban. Cuando las historias son muy largas, pueden resultar cansinas y no puedes evitar moverte de un lado para otro mientras las escuchas.

La historia de la señora Lago

La señora Lago, mi vecina, se había ido de su casa para ir a trabajar a otro colegio durante cuatro meses. Era una urgencia de profesores. Era como una sustituta superheroína.

Esta parte de la historia no era demasiado emocionante. La señora Lago es agradable, pero yo estaba segura de que no la iba a echar de menos mientras estuviera fuera. No voy a su casa y tampoco la veo muy a menudo. Mamá continuaba hablando, pero a mí me costaba escucharla porque de repente mi cerebro empezó a pensar en Rayas. Rayas es el gato de la señora Lago y es el gato más precioso del mundo. Todo el que lo conoce se enamora loca y perdidamente de él.

Así que, aunque mamá no había acabado de hablar, no pude evitar interrumpir su relato.

—¡Mamá! ¿Y qué pasa con Rayas? ¿Se lo ha llevado también?

Le hice esa pregunta porque la persona que quizá quiera más a Rayas vive justo en el sótano de casa. Si la señora Lago se había llevado a Rayas, Augustine Dupré tendría el corazón destrozado.

Claro está, mamá no tenía ni idea de nada referente a Rayas. No es muy buena que digamos recogiendo información importante. Aunque le encante ver programas de policías en la tele, sería una detective horrible.

Lo que mamá sí sabía

Mientras la señora Lago estuviera fuera, se trasladaría a su casa una familia francesa amiga de Augustine Dupré. Se quedarían allí para no estar en su propia casa mientras les hacían la cocina nueva. ¡Y eso era lo más emocionante de toda la historia! Augustine Dupré es una de mis personas favoritas ¡y ahora íbamos a tener a unos de sus amigos franceses chics viviendo en la puerta de al lado!

Levanté los brazos.

—¡Uala, mamá!

Esta es la nueva expresión que me he inventado para mamá. Solo la utilizo cuando me dice algo extraordinario, o cuando estamos juntas y pasa algo buenísimo. Es especial para ella. ¡Y le encanta!

¡UALA, MAMÁ!

Por supuesto, ahora me moría de ganas de bajar a hablar con Augustine Dupré. Normalmente mamá no me deja visitarla pasadas las seis de la tarde. Suele decirme: «Lucía, Augustine Dupré no paga un alquiler para tener que pasarse el día entreteniendo a una parlanchina de ocho años». Pero esta vez, aunque pasaban de las seis, no me dijo eso, sino:

—Vale, ve a verla.

Quizá fue el poder del «¡Uala, mamá!».

Augustine Dupré

Augustine Dupré tiene el mejor piso del mundo. Es glamuroso y de colores vivos, y cada vez que voy encuentro algún objeto de decoración nuevo que lo hace aún más chic. Augustine Dupré trae cosas de Francia casi cada semana. Es auxiliar de vuelo de una compañía aérea francesa, la profesión perfecta si te gusta tener cosas francesas bonitas y no vives en Francia.

BOTELLAS
FRANCESAS
CHICS

TOALLAS
FRANCESAS
CHICS

MARCO FRANCÉS
CHIC

Augustine Dupré siempre sabe si soy yo quien llama a su puerta. Me he inventado una llamada especial para que no se tenga que preocupar de echar a Rayas. Así que cuando hago mi llamada especial, sabe al momento que soy yo.

A Augustine Dupré no le está permitido tener mascotas en el piso. Es una de las normas de papá, así que cuando él anda cerca, Augustine Dupré tiene que echar a Rayas y fingir que el animal nunca ha estado allí.

En cuanto entré, vi a Rayas sentado en el sofá de Augustine Dupré. No podía creer que la señora Lago lo hubiera dejado. Parecía que Augustine Dupré pudiera leerme la mente, porque lo siguiente que dijo fue:

—Voy a ayudar a cuidar de Rayas mientras la señora Lago está fuera.

Y entonces se llevó el dedo índice a los labios y siseó para que guardara silencio. Supe al instante a qué se refería. Quería decir: «Es nuestro secreto: no se lo digas a tu padre». Por supuesto, no tenía que preocuparse por mí, porque sé guardar un secreto. Y ahora tenía que guardar dos.

Me gusta Rayas, pero últimamente intentaba no tocarlo tanto, así que, en lugar de sentarme en el sofá, tomé asiento en una silla. Mimi es tan alérgica a los gatos que si acaricio a Rayas, aunque solo sea una vez, su nariz lo nota y empieza a estornudar en cuanto me acerco a ella. Hay amigos que son más importantes que los gatos.

Lo que me dijo Augustine Dupré

Augustine Dupré es muy lista. Antes de que yo dijera una palabra sobre el tema, ella ya sabía exactamente por qué la había ido a ver.

—Supongo que quieres que te cuente lo de la señora Lago y mis amigos —dijo.

Me explicó que sus amigos se llamaban Yvonne y François, que tenían una hija llamada Amélie.

—Seguro que Amélie te gustará —dijo Augustine Dupré—. Rebosa energía. Y tú a ella le encantarás. Es imposible que no te adore.

Augustine Dupré me estrechó la mano y entonces me dijo una cosa que me sorprendió por completo.

—Estaba pensando que quizá te gustaría hacer de niñera para Yvonne. Le he hablado de ti y la idea le interesa. ¿Te gustaría tener un trabajito?

Aquel era un momento UALA, MAMÁ – QUÉ GUAY, pero con Augustine Dupré intento ser más elegante, así que dije:

—¡Vaya! ¡Suena estupendo!

Nunca había hecho de niñera de nadie, pero no necesitas haber hecho una cosa para saber hacerla. Además, yo lo sabía casi todo sobre ese tema.

Quizá pienses que el trabajo consistía en...

Si nunca has hecho de niñera, probablemente creas que es un trabajo en el que tienes que ayudar a la madre a hacer tareas domésticas aburridas. Cosas como

lavar la ropa

fregar el suelo

meter cosas en los armarios

doblar ropa

Si eso era lo que creías, te equivocas. Eso no es ser una niñera: ¡es ser una madre!

Ser niñera es mucho más divertido, porque te dedicas a jugar con los niños y a entretenerlos. La madre está contenta, porque así no tiene que oírlos y puede ocuparse de todas sus tareas de madre sin que la interrumpan. Cuando eres niñera, lo que haces es

jugar a cosas divertidas con los niños,

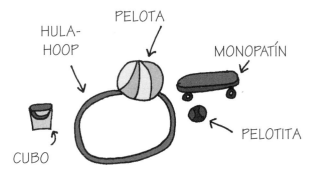

HULA-HOOP

PELOTA

MONOPATÍN

CUBO

PELOTITA

merendar con los niños,

MAGDALENA

MANZANA

GALLETA SALADA

enseñar a los niños a
hacer fuertes en el salón,

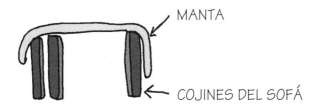

MANTA

COJINES DEL SOFÁ

y mantener a los niños
alejados de la cocina.

Lo más sorprendente
de ser niñera

¡Te pagan dinero de verdad por serlo!

Hacer de niñera es fácil porque...

La madre está en la casa por si los niños se portan mal, se hacen daño o se olvidan de ir al baño. Es un trabajo perfecto en el que nada puede salir mal.

Una cosa poco habitual que sucedió después

Cuando estoy en casa de Augustine Dupré y mamá quiere que suba, suele pegar un grito desde lo alto de las escaleras, pero esta vez bajó y llamó a la puerta. Tuvimos que echar a Rayas del piso a toda prisa, y no le hizo ninguna gracia.

Augustine Dupré y mamá hablaron sobre los nuevos vecinos franceses, y mamá dijo que tenía ganas de conocerles. Aunque fuera de mala educación, no pude aguantarme y las interrumpí para darle a mamá la gran noticia.

—¿Sabes qué, mamá? ¡Voy a tener un trabajo! Voy a ser niñera.

Al principio, mamá pareció sorprendida, pero después me hizo una muy buena pregunta.

—¿Has pensado en pedirle a Mimi que te ayude?

Tenía razón, era una idea fantástica. El trabajo sería muchísimo más divertido si Mimi lo hacía también.

Le di un abrazo gigante a Augustine Dupré al marcharme. Estaba deseando conocer a los vecinos nuevos. ¡Serían franceses, chics y fabulosos!

¡PARECEN MUY FRANCESES!

Lo que cuesta hacer si tu cerebro está ocupado pensando sin parar

Irse a dormir. Yo, sin embargo, me obligué a hacerlo, porque estaba deseando que llegara el día siguiente para explicárselo todo a Mimi.

Lo que dijo Mimi en cuanto le conté que teníamos trabajo

—¡Lucía! Es perfecto para practicar cómo hacer de hermana mayor. ¡Es perfecto!

Y entonces me dio un gran abrazo. Estaba contentísima, y si tu mejor amiga está supercontenta y sonriente, es difícil que tú no lo estés también. Hicimos todo el camino al colegio cogidas de la mano, balanceando el brazo adelante y atrás. Es una lástima que los niños no hagan este tipo de cosas, porque te hacen sentir realmente bien.

Cuando llegamos al colegio, vimos a Pablo y a Max escondidos detrás de un árbol del fondo del patio. Desde donde estábamos nosotras no parecía muy buen escondite. Al principio no sabíamos de qué se escondían, pero entonces Mimi señaló hacia los columpios y vimos a Anabel mirando alrededor. Es una de esas niñas a las que les encantan los juegos de perseguir a los niños.

Por suerte para Pablo y Max, sonó el timbre y Anabel se fue a su clase.

Mimi y yo debimos de reírnos mucho, porque mientras esperábamos para entrar, Pablo y Max nos preguntaron por qué estábamos tan contentas. Me parece que Max creyó que habíamos ganado un premio o algo así. Cuando le explicamos que estábamos emocionadas porque íbamos a ser las niñeras de la nueva familia francesa que se trasladaría a casa de la señora Lago, tanto Pablo como Max exclamaron: «¿Qué?» al unísono. Yo, sin embargo, estaba bastante segura de que sus

«¿Qué?» querían decir dos cosas bien diferentes. El «¿Qué?» de Max significaba: «¿Eso es todo? ¿Por eso estáis emocionadas? No lo entiendo»; mientras que el «¿Qué?» de Pablo quería decir: «¿La señora Lago se ha ido? ¿Cómo puede ser?».

Cómo echarle a perder todo un día de colegio a Pablo Pola

Diciéndole que su adulto preferido, el más guay, se ha ido a vivir a otra parte. La señora Lago no parece guay por fuera, pero por dentro es la única persona que entiende a Pablo en todo momento.

Cómo conseguir que Pablo Pola se sienta un poco mejor después del recreo

Diciéndole que la señora Lago va a estar fuera solo cuatro meses, porque antes se te había olvidado mencionarlo.

Una cosa que siempre hace enfadar un poco a la señorita Lucero

La señorita Lucero es nuestra profesora y, poco a poco, está aprendiendo a ser más divertida e interesante. El señor Díaz fue nuestro maestro en prácticas y vino a nuestra clase para aprender de la señorita Lucero cosas de maestros, pero creo que ella también aprendió algunas cosas de él: básicamente cómo no ser aburrida y no hablar demasiado rato cuando todo el mundo ha dejado de escuchar. Ahora ya apenas lo hace, y a casi todos nos gusta mucho más.

Sin embargo, hay algo que convierte a la nueva señorita Lucero, la divertida, en la antigua señorita Lucero, la no divertida, en cuestión de segundos. Sucede muy deprisa, como si de repente la aniquilara un poder supergruñón. Y, por poco que conozcas nuestra clase, no te sorprenderá lo más mínimo que el aniquilador sea... Eduardo 1.

EDUARDO 1

LO LLAMAMOS ASÍ PORQUE HAY MUCHOS EDUARDOS EN NUESTRA CLASE, NO PORQUE SEA EL NÚMERO UNO

MIS ZAPATOS TIENEN PODER ANIQUILADOR.

A veces, Eduardo 1 se cree que soy su amiga, pero básicamente no lo soy; cosa buena, porque Eduardo 1 casi siempre se está metiendo en líos. Una de las cosas que dan más problemas es su manía de jugar con los zapatos. Normalmente eso no tendría por qué ser malo, excepto por el hecho de que los zapatos de Eduardo 1 hacen mucho ruido. Lo que hace ruido son las tiras de Velcro. Las abre y las cierra, las abre y las cierra, las abre y las cierra, y otra vez, y otra, y otra. Y cada vez que las abre hacen un ruido muy fuerte, como si algo rascara y se desgarrara, y molestan a toda la clase.

TIRA ABIERTA

TIRA CERRADA

RUIDO DE DESGARRO

NO HACE RUIDO

Por qué es bueno que la señorita Lucero no sea un personaje de cómic

Si la señorita Lucero fuera un personaje de cómic, le crecería la cabeza y empezaría a salirle humo de las orejas, y entonces haría un ruido fuerte como de silbato de tren. Hasta ese punto le saca de quicio que Eduardo 1 juguetee con los zapatos.

Por mucho que lo intente, la señorita Lucero no puede tener paciencia infinita con Eduardo 1. Cada día dice lo mismo: «Eduardo 1, ¿quieres hacer el favor de dejar en paz los zapatos?». Pero, al cabo de un rato, se pone furiosa. Si le estuviera permitido, probablemente pondría los ojos en blanco, pero dudo que los profesores puedan hacer esas cosas. Así que, en lugar de eso, señala hacia la puerta y exclama: «¡Eduardo 1, al despacho del señor Hierro! ¡Ahora!».

El señor Hierro es el director del colegio, y normalmente no te apetece ir a su despacho. Me da la impresión de que Eduardo 1 va a tener que cambiarse los zapatos por unos de cordones bien pronto.

NO HACEN RUIDO

La señorita Lucero y el gran nubarrón marrón

No soy experta en colores, pero me juego algo a que si el mal humor tuviera color, sería el marrón que queda tras mezclar pinturas de todos los colores a la vez. Es un color que nadie elegiría o haría nunca a propósito. Aunque no lo veía, estaba segura de que el nubarrón de mal humor de la señorita Lucero era de ese color. Estuve mirando su cabeza durante la clase de lectura, la de matemáticas y la de ortografía, hasta la hora de comer. La señorita Lucero se esforzaba por hablar en un tono alegre y normal, pero todos sabíamos que el nubarrón seguía allí. Y ese nubarrón contribuía a que Eduardo 1 nos cayera a todos aún menos simpático que antes. Y eso era una cosa muy mala, porque a Eduardo 1 ya no le quedaba demasiada simpatía por perder. Me alegraba de no ser él.

Cómo Mimi volvió a sorprenderme

Después de comer, tenemos un descanso y podemos salir al recreo. Mimi y yo casi nunca nos quedamos cerca de la pared de imitación de piedra, pero ese día Mimi quería ir allí. Pensé que quizá le apetecía treparla, pero lo que quería era estar a pocos pasos de donde Marta y Olivia juegan con otras Hadas. Se llaman a sí mismas las Hadas porque lo que más les gusta es jugar a las princesitas del mundo de las hadas. Puesto que estábamos allí de pie y Mimi no decía nada, acabamos escuchando cómo jugaban.

No parecía muy divertido. Discutían mucho sobre superpoderes de hadas.

—¡La princesa Petaluna fijo que puede entrar en la cueva volando y conseguir la piedra mágica! —dijo Olivia.

—¡No, no puede! —gritó Marta—. Perdió las alas. ¿No te acuerdas? ¡Ha de volver atrás y pedirle al hada Violeta que le deje tener unas nuevas! Siempre quieres hacer lo que te da la gana.

¡No es justo! ¡Si mi hada ha de perder las alas, entonces la tuya también!

Marta estaba enfadadísima: no paraba de mover los brazos y tenía los puños cerrados. Todos nos quedamos mirando la escena: no podíamos evitarlo.

ALAS INVISIBLES

NIÑA HADA ENFADADA

Al principio pareció que Olivia fuera a devolverle los gritos a Marta, pero, en lugar de eso, dijo:

—¡Vale! ¡La princesa Petaluna entrará en la cueva caminando! ¿Ya estás contenta?

Y, dicho esto, pasó por debajo del tobogán y fingió coger algo del suelo.

Nos quedamos con las ganas de saber qué pasaba después, porque sonó el timbre y tuvimos que entrar. Mientras corríamos hacia la fila, Marta se acercó a nosotras:

—¿Queréis jugar con nosotras la próxima vez? ¡Es muy divertido! —dijo.

«¡Ni en broma, gracias!», gritó mi cerebro al oír la pregunta. Pero, antes de que mis labios encontraran un modo amable de decirlo, Mimi respondió:

—Sí, claro.

Y así es como volvió a sorprenderme.

Lo que me preguntaba a mí misma

Mimi no se comportaba como de costumbre. Normalmente no habría querido jugar a las princesitas del mundo de las hadas. Intenté preguntarle sobre el tema cuando nos sentamos en clase, pero la señorita Lucero nos sorprendió a todos diciendo que íbamos a hacer nuestra primera clase de letra cursiva. No me lo esperaba en absoluto y, por una vez, era algo que quería aprender, así que presté atención. Todas las niñas de la clase estábamos entusiasmadas, deseando escribir en letra cursiva. Dudo que a los niños les interese tanto escribir con elegancia. Nunca practican letras elegantes como las niñas.

Mimi y yo llevábamos practicando nuestros nombres desde el año anterior. Ya sabía hacer la L y la S mayúsculas elaboradas y con florituras. Mi nombre queda precioso escrito. Me alegro de no llamarme Valeria Casanova. Ella no tiene tanta suerte.

MI NOMBRE QUEDA ELEGANTE

CON MUCHAS FLORITURAS

Lucía Sánchez

VALERIA NO TIENE TANTA SUERTE

Valeria Casanova

NO TIENE FLORITURAS ELEGANTES

La señorita Lucero es muy justa

La señorita Lucero dijo que todos debíamos aprender a escribir todas las letras del abecedario, incluso las que no estuvieran en nuestros nombres. En clase había quien creía que íbamos a aprender a escribir en letra cursiva solo para poder escribir nuestro propio nombre de un modo más elegante. A esas personas no les hizo demasiada gracia tener que aprenderse todas las letras.

Sandra levantó la mano y dijo que sabía el motivo por el cual las chicas debían aprenderse todas las letras. La señorita Lucero siempre tiene mucha paciencia con Sandra, aunque sepa que lo que vaya a decir probablemente no tenga mucho sentido. Eso pasa porque, en general, Sandra no presta demasiada atención. A la señorita Lucero le encanta decirle: «Sandra, intenta bajar de las nubes, por favor». A Sandra soñar despierta se le da de maravilla.

—Cuando las chicas se casan y tienen un hijo —empezó a contar Sandra—, este tiene un apellido nuevo, así que es bueno estar preparadas y saberse todas las letras antes de que llegue el momento.

La señorita Lucero sonrió y dijo:

—Gracias, Sandra. Puede que sea verdad, pero hay otras muchas razones para aprender a escribir en letra cursiva que son útiles tanto para chicos como para chicas.

Apuesto a que los niños no se alegraron de oír eso. Al menos Pablo no se alegró, porque se cruzó de brazos y dejó caer la cabeza hacia delante. Aprender a escribir en letra cursiva no le ayudaba a aliviar su tristeza por la marcha de la señora Lago. Si tuviera el superpoder de oír los pensamientos, seguramente oiría a su cerebro refunfuñando de lo lindo.

Lo que dijo Eduardo 1

La señorita Lucero dijo que una de las ventajas de la letra cursiva era que con ella se escribía más rápido que con letra de imprenta: el cerebro pensaba las palabras muy rápido, pero a menudo a los dedos les costaba seguir el ritmo. En cuanto dijo eso, Eduardo 1 levantó la mano con aspavientos para hacer una pregunta. Volvía a estar en clase y se esforzaba por no jugar con sus zapatos. Le vi tocarlos, pero no tiró del Velcro.

Finalmente, la señorita Lucero lo señaló. Probablemente esperara que le pidiera permiso para ir al lavabo, ya que esa era una de sus preguntas habituales. En cambio, Eduardo 1 quería hablar sobre la letra cursiva. Aquello era toda una sorpresa.

Eduardo 1 dijo que sus dedos eran rápidos como un cohete cuando jugaba a videojuegos, pero que cuando cogía un lápiz para escribir parecían más bien unos viejos patines de pacotilla. Pensé que iba tener problemas por ser tan negativo, pero la señorita Lucero se emocionó mucho. Dijo que Eduardo 1 había utilizado una analogía maravillosa para explicar cómo se sentía. Eduardo 1, por supuesto, se sintió orgullosísimo a pesar de que nadie, y menos aún él, supiera a qué se refería la señorita Lucero. A la señorita Lucero le encanta enseñar cosas nuevas, así que enseguida nos explicó qué era una analogía.

Una analogía es un ejemplo de una cosa que te puede ayudar a explicar otra.

UN COHETE VA RÁPIDO

SOMOS RÁPIDOS.

NOS ENCANTAN LOS VIDEOJUEGOS.

UNOS VIEJOS PATINES DE PACOTILLA NO VAN MUY RÁPIDO

SOMOS LENTOS.

NO NOS GUSTA ESCRIBIR.

Cuando nos hubo explicado eso, supe al instante que yo llevaba mucho tiempo utilizando analogías, aunque no lo supiera. Es agradable darte cuenta de que eres más lista de lo que creías. ¡Gracias, señorita Lucero!

UNA DE MIS ANALOGÍAS

HABLAR CON AUGUSTINE DUPRÉ ES COMO HACER UN PICNIC EN EL PARQUE.

De camino a casa

Pablo y Max vinieron a casa con nosotras. Max quería que nos quedáramos un rato en su jardín, pero Mimi le dijo que no podíamos porque teníamos que ir a trabajar a su casa. Aunque yo no sabía a qué trabajo se refería, me alegré de no tener que estar con Pablo, porque Pablo y Mimi pensaban cosas muy diferentes sobre el hecho de que la señora Lago se hubiera marchado.

En cuanto entramos, Mimi subió corriendo al cuarto de los trastos que hay al lado de su habitación. Aquel cuarto pronto dejaría de ser el de los trastos para convertirse en el de su nueva hermana.

Cuatro cosas
que me sorprendieron

1 El antiguo cuarto de los trastos estaba.

2 La habitación de Mimi estaba limpia y recogida.

3 No me emocioné lo más mínimo ante estas dos cosas sorprendentes, como hubiera ocurrido en cualquier otro momento. Y eso fue porque el estómago me rugía de hambre.

Normalmente me gusta merendar después del colegio, y no ayudaba que la casa de Mimi oliera de arriba abajo a pan de plátano recién hecho.

Mimi pareció un poco decepcionada cuando le pregunté si podíamos pensar en cómo decorar la habitación de la nueva hermanita en la cocina, cerca del pan de plátano, en lugar de quedarnos sentadas en el suelo del cuarto de los trastos vacío. Tenía listos varios papeles y rotuladores en el suelo, así que supe que estaba decepcionada porque le cambiara los planes. Pero es que cuando mi estómago tiene hambre, tanto da lo que diga mi cerebro: mi estómago casi siempre tiene las de ganar.

El cerebro de Mimi era más fuerte que su estómago porque ella solo se comió un trozo de pan y normalmente se zampaba cinco o así. Yo me comí tres. A veces la madre de Mimi tiene que guardar el pan para que no comamos demasiado y nos quedemos sin hambre para la cena. Pero ese día no dijo nada al respecto. Se limitó a sonreír, a abrazar a Mimi y a decir:

—Mimi está muy contenta de que la ayudes a decorar la habitación de su nueva hermanita.

—¡Sí! Estoy contentísima. ¡Y será rosa!

Y esta fue mi sorpresa número cuatro.

Mimi no es Mimi

Es importante tener paciencia con los amigos, sea por lo que sea. Es una regla básica de la amistad.

A veces un amigo te sorprende y emociona.

A veces un amigo te sorprende y no es tan emocionante.

Y otras veces un amigo te sorprende y te quedas pensando: «¿Dónde está mi amigo? Esta persona se parece a mi amigo, pero no se comporta en absoluto como el amigo al que llamo mi mejor amigo». Justamente eso era lo que pensaba de Mimi en aquel momento, porque a Mimi y a mí ¡nunca nos ha gustado el rosa!

—A todas las niñas pequeñas les encanta el rosa —dijo Mimi.

Eso no era verdad, porque hacía mucho tiempo, cuando Mimi y yo éramos pequeñas, no nos gustaba el rosa. De pequeñas, mi color preferido era el naranja y el suyo, el amarillo. Pero parecía que a Mimi eso se le había olvidado.

—¡Rosa será preciosa! —dijo la madre de Mimi.

Y entonces ambas me miraron y sonrieron. Sabía que esperaban que dijera algo agradable.

—El rosa es de niñas —dije yo. Fue lo único que se me ocurrió que no sonara negativo.

—¡Exacto! —exclamó Mimi—. Y hemos de buscar cosas de niñas.

Lo que haces al llegar a casa después de haberle hecho una visita desconcertante a tu mejor amiga, que en realidad podría no ser tu mejor amiga, porque quizá la hayan abducido unos marcianos y la hayan sustituido por un robot que se parece a ella

Escribir un nuevo cómic de Superaventuras No Tan Súper, porque dibujar cómics siempre me hace sentir mejor.

SUPERAVENTURAS
No TaN SúPeR  ¡PERO BASTANTE!

¿TE GUSTARÍA VISITAR NUESTRO PLANETA?

NO CREO QUE MI MADRE ME DEJE.

.MIMI

NO TE PREOCUPES POR ESO. PODEMOS HACER UN ROBOT MIMI PARA QUE NADIE SE DÉ CUENTA DE QUE TE HAS IDO.

BLORG LO HARÁ

SÍ, LO HARÉ.

MEDIA HORA DESPUÉS

ROBOT

MIMI AUTÉNTICA

VAYA. PARECE DE VERDAD.

A BLORG LE ENCANTA EL ROSA. DIGO... A MIMI LE ENCANTA EL ROSA.

¡ADIÓS!

ADIÓS BLORG, QUE TE DIVIERTAS.

Una sorpresa en el desayuno

Ese día no había colegio. Y eso lo hace todo siempre mucho mejor: no tienes que arreglarte con prisas y puedes quedarte en la habitación sin hacer nada. Por eso me sorprendió que Mamá dijera:

—Lucía. A desayunar. Ya.

Normalmente solo oigo esas palabras de lunes a viernes. Bajé en pijama y, cuando ya me disponía a quejarme, vi a Augustine Dupré de pie en la cocina. En una mano llevaba una bolsa de la tienda de donuts y en la otra, a una niñita vestida con un tutú de un rosa chillón.

—Lo siento. ¿Aún dormías? —preguntó Augustine Dupré llevándose la mano a la boca, en señal de preocupación—. Podemos volver más tarde.

Me sorprendía verla allí, pero no quería que se fuera.

—No, estoy despierta. Mira. —Y di unos cuantos saltos para demostrarlo—. Voy a vestirme. Vuelvo enseguida. Esperadme.

Y, antes de que nadie pudiera decir nada más, salí corriendo escaleras arriba para cambiarme de ropa. ¡Qué vergüenza! ¡Mamá podría haberme dicho que teníamos visita! Y ni siquiera llevaba un pijama bonito. Mira… A veces me saca de quicio.

CAMISETA QUE REGALABAN EN UNA TIENDA DE MATERIAL PARA FIESTAS

PANTALONES DE PIJAMA QUE HABÍAN SIDO LARGOS, PERO QUE CORTÉ

HILOS COLGANDO

Lo que deberías hacer si has salido corriendo mientras alguien te estaba esperando

Disculparte. ¡Y mucho!

Lo que sucedió después

—Lo siento —dijo mamá.

—Lo siento —dije yo.

Mamá me echó una mirada que significaba: «¿Cómo has podido irte de esa manera?», y yo le devolví otra que clamaba: «¡Podrías haberme dicho que teníamos visita!».

—¿Por qué llevas la camisa del revés? —interrumpió una vocecilla.

Cuando ocurre algo inesperado en medio de una situación seria, pueden suceder dos cosas.

1 Puedes sentirte molesta e incluso llorar.

2 Puedes echarte a reír.

A veces no sabes por cuál de las dos cosas va a decidirse tu cuerpo hasta el preciso instante en que ese algo inesperado sucede. Por suerte para mí, me eché a reír.

Cómo era Amélie

1 Amélie llevaba un tutú rosa.

2 A Amélie le gustaban los donuts de mermelada, pero sobre todo le gustaba la mermelada. Sorbió el relleno de unos doce donuts y dejó lo que quedaba esparcido por encima de la mesa y por el suelo.

RESTOS DE DONUT

3 Amélie quería jugar a mamás y a papás. Y yo tenía que ser el bebé.

4 Amélie quería cazar ranas y yo tenía que darles un beso.

5 Amélie quería jugar a sirenas. Yo era la sirena de secano, en el suelo.

6 Amélie quería jugar a perros. Yo era el perro.

7. Amélie daba mucho trabajo.

Una cosa de la que me di cuenta de repente (primera parte)

Hacer de niñera no iba a ser tan fácil como había creído.

Una cosa de la que me di cuenta de repente (segunda parte)

Aquel trabajo quizás iba a ser más perfecto para Mimi que para mí.

Una cosa buena

Al cabo de un rato que me pareció una eternidad, Augustine Dupré dijo por fin que era hora de irse. Pensé que debían de haber pasado unas cuatro horas, pero cuando miré el reloj me di cuenta de que solo había transcurrido una hora y veinte minutos. No sé por qué me pareció muchísimo más tiempo. Augustine Dupré dijo que volverían más tarde para que pudiera conocer a la madre de Amélie.

—Quizá podrías ayudarla mañana —dijo Augustine Dupré—. Será día de mudanza, y seguro que te necesitará.

—¡Bien! —exclamó Amélie—. ¿Me puedo quedar aquí hasta mañana?

Amélie no quería marcharse.

—Le has gustado —me susurró Augustine Dupré. Parecía algo bueno, pero una parte de mí no estaba del todo segura de que lo fuera.

Al final, cuando Augustine Du-

¡NO QUIERO IRME!

pré le prometió que volverían por la tarde, Amélie dejó de llorar.

—*Au revoir, Lucía* —se despidió la niña del tutú, agitando la mano. Era la primera palabra en francés que había dicho.

Cuando se hubieron ido, me di cuenta de que Amélie le había robado el corazón a mamá.

—¿No te parece un encanto? Las niñas pequeñas son tan monas... Seguro que después de jugar con Amélie estás aún más ilusionada con la nueva hermanita de Mimi. Te divertirás mucho con ella —dijo mamá sonriendo y mirándome.

Yo hice que sí con la cabeza, pero no dije nada. No estaba convencida de que mi cerebro la creyera.

Lo que me preocupó de repente

No se me había ocurrido hasta entonces, pero de repente no podía apartar de mi mente una gran pregunta espeluznante. ¿Y si la nueva hermanita de Mimi era como Amélie? Una hermana como aquella podía cambiarlo todo.

Lo que Mimi está impaciente por hacer

Mimi tuvo una desilusión cuando supo que yo ya había conocido a Amélie. Dijo que estaba impaciente por empezar con nuestro nuevo trabajo. Intenté explicarle que probablemente no fuera tan fácil como creía, pero repuso que le daba igual. Se pasó la mañana mirando por la ventana y paseándose por el jardín de la entrada con la esperanza de ver a Amélie.

Mientras comíamos intenté explicarle que Amélie quería pasar el rato jugando a un montón de juegos y que entretener a una niña de cuatro años era muy duro y cansado, y para nada tan fácil como yo había creído. Mimi me miró como si yo estuviera loca.

—Mimi, hazme caso. Tú espera y verás.

Insistí con la esperanza de abrirle los ojos, pero ya era demasiado tarde: Augustine Dupré y Amélie se acercaban por la acera.

Cómo presentar a tu mejor amiga para que encandile a una niña de cuatro años

—*Bonjour, Lucía!* —dijo Amélie, y se me acercó a la carrera y se me lanzó a los brazos antes de que yo pudiera hacer o decir nada.

Fue agradable. Me sentí un poco como debe de sentirse Rayas cada vez que Augustine Dupré le ve. Mimi estaba allí de pie, así que desenrosqué los brazos de Amélie de mi cintura y se la presenté a Mimi.

—Amélie, esta es mi mejor amiga del mundo. Se llama Mimi. A Mimi le encanta jugar a toda clase de juegos de niñas. Es muy divertida.

—Hola, Amélie —dijo Mimi—. Me alegro mucho de conocerte.

Pero Amélie no le hizo ningún caso y se escondió tras mis piernas.

Augustine Dupré consiguió que Amélie saludara a Mimi. Fue un «hola» chiquitín y no fue en francés. Creo que Mimi se sintió desilusionada.

Cosas que puedes hacer para gustarle a una niña de cuatro años

1 Recortar un sombrero de papel ridículo.

SOMBRERO DE PAPEL ⟶

2 Montar un juego de derribar peluches.

← PELUCHES ESPERANDO A SER DERRIBADOS POR UNA PELOTA

LA PELOTA

3 Ofrecerte a llevarla a caballito un buen rato.

OJALÁ PUDIERA LLEVAR A ALGUIEN A CABALLITO.

4 Sacar disfraces de verdad y tenerlos a punto para jugar a las princesitas del mundo de las hadas.

DISFRACES DE PRINCESA

Mimi lo intentó todo, pero nada funcionó: Amélie no quiso estar con ella. Intenté resultar aburridísima y me senté a hojear una revista para que Mimi tratara de captar la atención de Amélie, pero la niña dijo:

—No, gracias. Quiero mirar la revista con Lucía.

Pobre Mimi. No sé exactamente en qué estaba pensando, pero seguro que no eran pensamientos alegres.

¿Se le puede decir que no a una niña de cuatro años?

Cuando Mimi fue al lavabo, Amélie dijo:

—Vamos a jugar a las princesas unicornio. Tú puedes ser el unicornio y yo seré la princesa.

—¡Qué bien! —exclamó mamá, que estaba atenta todo el tiempo.

—No, gracias —respondí yo—. No me apetece.

No quería ser un unicornio. Un unicornio es un caballo con un cuerno y los caballos llevan a la gente de un lado para otro. Así que supe al instante que la princesa querría subir a lomos del unicornio para que le diera un largo paseo. Miré a mamá, que estaba frunciendo el ceño y tenía las manos plantadas en las caderas, lo cual no era buena señal. Conocía aquella mirada, y siempre iba acompañada de otra que decía: «Estás a punto de tener problemas». Tenía que hacerla desaparecer del rostro de mi madre, ¡y rápido!

—De acuerdo, Amélie. He cambiado de opinión. Seré un unicornio.

Amélie estaba contentísima y, en cuestión de segundos, me tuvo listo el disfraz. Y así es como me

encontró Mimi cuando regresó: yo era Centella Rosa, el unicornio galopante.

A una niña

de cuatro años no se le puede decir que no. Al menos si tienes a tu madre al lado…

Una cosa que no es justa

No es justo tener problemas por ser Centella Rosa cuando de entrada yo no quería ser Centella Rosa. Mimi dijo:

—¡Has esperado a que me fuera al lavabo, y entonces la has apartado definitivamente de mí haciendo de unicornio enrolladísimo!

Intenté explicarle que yo no quería hacer de unicornio, que si ella quería podía ser Centella Rosa, y que ser un unicornio no era divertido, pero no me escuchó.

Por supuesto, Amélie nos oyó discutir, porque, aunque yo no quisiera, ella seguía encaramada a mi espalda. De pronto, empezó a oprimirme las costillas con las piernas y a botar arriba y abajo.

—¡Ya lo tengo! ¡Ya lo tengo! —chilló, señalando a Mimi—. ¡Tú puedes ser el trol malvado!

Mimi me lanzó una mirada que no le había visto nunca hasta entonces. Era mala, espeluznante y aterradora. Era el tipo de mirada que te para el corazón y te hace estremecer. Solo duró un segundo, pero tanto Amélie como yo la vimos. Entonces Mimi se volvió y salió por la puerta sin decir palabra.

LA MIRADA DE MIMI

—Ha hecho una cara de trol buenísima —dijo Amélie—. Daba miedo.

—Sí, sí que daba miedo —coincidí yo. Y, como mamá ya no estaba allí, añadí—: Vamos a jugar a otra cosa.

Al fin llegó la hora de ir a casa de la señora Lago a conocer a la madre de Amélie, que estaba preparándolo todo para la gran mudanza. La verdad es que yo ya no deseaba ese trabajo y no tenía ni idea de cómo iba a solucionar el nuevo problema: que Mimi estuviera furiosa conmigo. Augustine Dupré dijo que ella y Amélie irían primero y que Mimi y yo podíamos acudir cuando estuviéramos preparadas.

Augustine Dupré es muy lista. Se dio cuenta de que había algún problema. Yo deseaba que fuera listísima y supiera cómo arreglarlo por arte de magia, pero esas cosas solo pasan en las películas: el protagonista mueve un dedo y se arregla todo.

Lo que Amélie no era

Amélie no era fabulosa ni chic, como yo había creído. En solo un día había estado a punto de causarme problemas con mamá y había conseguido que Mimi se enfadara conmigo.

Me preguntaba si los niños franceses empezaban siendo niños normales y aprendían más tarde eso de ser chics y fabulosos.

Lo que ocurrió después

Decidí quedarme en el jardín de delante de casa para tratar de pensar qué hacer. No quería llamar a la puerta de Mimi y que me echara un rapapolvo. Tenía la esperanza de que quizás se diera cuenta de que la esperaba fuera y saliera a hablar... Por algún motivo, eso parecía más sencillo.

Era un buen plan para que se diera cuenta de mi presencia. Al principio, me vio Rayas y luego Amélie estuvo a punto de verme también. Yo todavía no quería ir a casa de la señora Lago, no sin Mimi. Necesitaba más tiempo. Por suerte, Amélie no me vio, porque me escondí detrás de un gran árbol que había en el jardín antes de que ella echara un vistazo.

La única persona que me vio fue Pablo. Llevaba un bote de cristal grande lleno de cosas blancas, parecidas a bolas de algodón, pero más lisas.

—¿Te estás escondiendo del gato?

YO ESCONDIDA

Me pilló mirando a hurtadillas desde detrás del árbol y vio a Rayas sentado al otro lado del jardín. A Pablo no le gustan los gatos, así que aquella era una pregunta del todo normal viniendo de él.

—Chist —repliqué—. No hables tan alto. Habla bajito.

Cómo no, después de eso Pablo tenía un montón de preguntas por hacer.

—¿Te estás escondiendo de aquella señora de allí? —preguntó, señalando a una mujer que llevaba a Amélie de la mano; probablemente fuera su madre, Yvonne.

—No. ¡Y no señales! Van a verte. —Pablo no era nada sutil ni sigiloso—. De la niña pequeña —susurré—. No quiero que Amélie me vea.

Pablo se echó a reír.

—¿De la niña pequeña? ¿Le tienes miedo?

Tenía que hacer algo rápidamente o Pablo lo arruinaría todo con sus risotadas. Amélie lo oiría, miraría hacia donde estábamos y, cuando me viera, saldría corriendo hacia mí y acabaría llevándola a cuestas por todo el jardín. Cuando quieres que una persona deje de hacer lo que está haciendo, a veces es buena idea intentar cambiar radicalmente de tema.

Cosas que mi cerebro pensaba que podrían ir bien (no todas son buenas opciones)

1 Darle a Pablo una patada en la espinilla.

2 Fingir un desmayo.

3 Trepar a un árbol.

4 Quitarle el bote a Pablo.

5 Empezar a bailar.

6 Hacer el pino.

Lo de hacer el pino habría sido buena idea de no haber sido porque yo no sé hacerlo. Lo he intentado una y otra vez, pero no hay manera de sostenerme en alto. Además, si de repente hubiera hecho el pino perfectamente delante de Pablo, él habría olvidado todo el asunto de Amélie, pero ella también me habría visto. Un buen pino es bastante evidente.

Lo que escogió mi cerebro

Le quité el bote a Pablo y pregunté:

—¿Qué es esto?

Fue una buena elección, porque Pablo se olvidó por completo de Amélie en cuestión de segundos.

—Eh, eso es mío. No lo rompas. Es un regalo de la señora Lago. Lo ha dejado para mí.

Al principio pensé que podía ser algo desagradable. Una vez, la señora Lago le prestó a Pablo un bote de caca de león. O sea, que las cosas desagradables no les resultaban extrañas a ninguno de los dos.

EL BOTE DE PABLO LLENO DE PIEDRECITAS BLANCAS

—Es para agitarlo —explicó Pablo—. Cada piedra es de un lugar diferente y lleva escrito debajo el nombre del lugar donde la encontró la señora Lago. ¿No te parece guay?

Pablo es el tipo de niño al que le encantan las colecciones, así que aquel era un regalo perfecto para él. Sin embargo, a mí todas las piedras me parecían iguales: eran pequeñas, redondas y blancas. Pablo dijo que él tenía una favorita y que era de Squamish, en Canadá. Parecía un nombre inventado pero no quería discutir con él, así que no le dije nada de que no fuera real. Le devolví el bote para que pudiera buscarla y enseñármela.

Pablo iba a echar de menos a la señora Lago. Me supo un poco mal por él. No hay tanta gente en el mundo que entienda a Pablo tan bien como ella. Estoy bastante segura de que es la única persona capaz de alegrarse de verdad, sin fingir, ante el ofrecimiento de Pablo, dispuesto a prestarle su proyecto de arte de verano durante unos meses para que lo pudiera colgar en su casa.

Esto es lo que Pablo dijo a comienzos del verano

«Cada vez que vea el camión de los helados probaré uno diferente».

ESTOS SON LOS DISTINTOS SABORES DE HELADO QUE HAY

Esto es lo que Pablo hizo al final del verano

ENVOLTORIO DEL HELADO ESPECIAL

NOTA SOBRE SI LE HABÍA GUSTADO O NO, Y POR QUÉ

TABLERO GRUESO PARA HACER CARTELES

A la señora Lago le encantó, así que lo aceptó y lo tuvo colgado en su cocina durante dos meses enteros. Pablo dice que quizá se lo regale cuando la señora Lago vuelva de su viaje. En parte porque a ella le encanta y en parte porque la madre de Pablo dice que ocupa demasiado espacio en su habitación.

Lo siguiente que dijo Pablo

—Muy bien, ya no has de esconderte más. Se ha ido. —Lo dijo sin sonreír, sin reír y sin burlarse.

Mi cerebro pensó: «Gracias, Pablo. De veras que eres un buen chico».

Pero mi boca dijo:

—Si encuentro alguna piedrecita blanca chula te la guardaré.

Pareció contento con ello.

Lo que sucedió después

Vi a Mimi salir de su garaje con un montón de cosas.

—¿Qué te parece si llevamos cuerdas para saltar a la comba? —chilló.

No parecía en absoluto enfadada o triste, lo cual fue una gran sorpresa. Aun teniendo la pierna rota, le habría dicho: «Sí, claro que saltaremos», porque lo que más deseaba en el mundo era que volviéramos a ser amigas y que Mimi no estuviera enfadada conmigo.

—Puede que Amélie no juegue con estas cosas —comentó Mimi—. ¿Deberíamos preguntarle a su madre si quiere que las llevemos?

Yo estaba tan sorprendida que no creía lo que oía, pero respondí:

—¡Claro! Buena idea.

Por asombroso que pareciera, a Mimi todavía le gustaba Amélie.

La madre de Amélie

Al cabo de unos minutos, Mimi y yo estábamos en el porche de la señora Lago. De camino hacia allí, me había hecho a mí misma una gran promesa: pasara lo que pasara, esta vez no haría de delfín, unicornio, tortuga, ni de ninguna otra criatura que pudiera llevar niños a cuestas. ¡A veces has de poner normas! Aunque por ello parezcas una madre.

NO, LO SIENTO. HOY NO TE PUEDES MONTAR EN MI ESPALDA.

Una cosa que te hace sentir bien

Cinco minutos después de haber conocido a Yvonne, que era muy agradable, la parte de mí que mejor se sentía era mi estómago. La madre de Amélie era una cocinera estupenda. Nos sentamos en el porche de la señora Lago y comimos magdalenas recién hechas y mermeladas caseras de fresa y albaricoque. Todo estaba riquísimo. Amélie ni siquiera dio mucho trabajo. Supongo que con la boca llena de comida cuesta molestarse por las cosas. Tendré que recordarlo. Mimi se sentó junto a ella para intentar hablar, pero Amélie se mostró tímida y prefirió acomodarse sobre las rodillas de su madre. Desde lejos, la verdad es que parecía mona, claro que sin duda ayudaba que estuviera sentada encima de una persona que no fuera yo.

El plan del domingo

La familia de Amélie iba a trasladarse a casa de la señora Lago el día siguiente, a mediodía. La señora Lago les dejaba utilizar todos los muebles y utensilios de cocina, así que solo tenían que trasladar la ropa. Yvonne nos preguntó si podíamos cuidar de Amélie de las once y media de la mañana a las dos del mediodía. Le dijimos que sí, cómo no.

Mimi estaba mucho más habladora que yo. Además, lo tenía todo organizado y a punto. Si hubiera habido corona de niñera, se la habría llevado ella. Le mostró a Yvonne la lista de juegos, manualidades y actividades divertidas que había escrito. La mujer se quedó muy impresionada. Y yo, también. Además, para mis adentros me alegré muchísimo de que no hubiera nada relativo a los unicornios en esa lista.

CORONA DE NIÑERA

ESTOY MUY AGRADECIDA POR ESTA CORONA.

Una cosa de la que me alegré

Tras una visita corta, Mimi y yo regresamos a su casa, lo cual fue un alivio. Me alegré de que no nos quedáramos en casa de la señora Lago jugando con Amélie el resto de la tarde. Mimi y yo no hablamos sobre lo que había sucedido esa mañana, no dijimos una palabra sobre el deseo de Amélie de que Mimi hiciera de trol. También me alegré de eso. A veces, cuando todo el mundo está feliz y contento, no es buena idea hablar de cosas tristes y fastidiosas.

Mimi quería que nos dedicáramos a la habitación de su nueva hermanita, así que intenté ayudarla y estar sonriente. Aunque fuera a ser rosa y con volantes, que no es para nada mi estilo, no quería perder las ganas de decorarla.

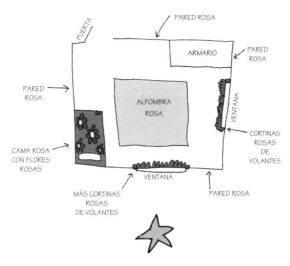

Lo mejor de la habitación nueva

Mientras diseñábamos cómo sería la habitación, el padre de Mimi entró a ver qué tal íbamos. Al ver el plano, dijo:

—Vaya, ¡cuánto rosa!

Justo lo que yo pensaba, aunque no hubiera dicho ni mu.

—No sé si tanto rosa quedará bien —añadió—. ¿Y si solo ponéis rosa en una de las paredes?

—¡Pero papá! ¡Es que es una habitación de niña! ¡Y a las niñas les encanta el rosa!

Mimi se estaba alterando, y su padre trató de tranquilizarla.

—Mimi, tú eres una niña y tu habitación no es toda rosa.

Pero ella no quería cambiar de opinión.

—Eso es porque no soy pequeña. ¡A las niñas pequeñas les gustan las muñecas, las princesas y el rosa! ¡Eso es así!

Su padre no se rendía.

—Mimi, eso es una tontería. A ti de pequeña no te gustaban ni el rosa ni las muñecas. ¿No te acuerdas? Mira, vamos a hacer un trato: si suavizas el color de la habitación y reservas el rosa solamente para una pared, te dejaré que la pintes tú. Piénsatelo, ¿vale?

Mimi estaba abatida.

—Vale, papá —respondió.

Parecía triste e infeliz, pero cuando su padre salió de la habitación se puso a saltar como una loca.

—¿Lo has oído, Lucía? ¡Podremos pintar la habitación nosotras!

A mí también me hacía bastante ilusión. No todos los padres te dejan pintar una habitación.

Lo que hice en cuanto llegué a casa

Después de cenar, subí a mi habitación a dibujar otro cómic de Superaventuras No Tan Súper. No estaba triste ni infeliz, que es cuando suelo dibujarlos. Esta vez simplemente se me había ocurrido una idea divertida.

Antes de irme a dormir, hice señales luminosas a Mimi, y ella me las devolvió.

SUPERAVENTURAS
No TaN SúPeR ¡PERO BASTANTE!

Es nuestra señal de buenas noches, y era agradable saber que todo había vuelto a la normalidad, que estábamos felices de nuevo.

Lo que desayuné

Tengo un pequeño superpoder: se llama empatía. Tener el poder de la empatía significa que sé con toda seguridad cuándo una persona está triste, aunque actúe y finja que está contenta. Y cuando pasa eso, siempre uso mi energía para intentar hacerla sentir mejor. Normalmente, cuando noto que mi poder de la empatía está en funcionamiento, me gusta desayunar tostadas. Podríamos decir que es mi desayuno de superheroína.

TOSTADA CON MERMELADA

Pero esa mañana era diferente, porque no notaba la tristeza de nadie. Sin embargo, tenía la sensación de que yo misma necesitaría energía extra, básicamente porque estaba preocupada por Amélie. Incluso me puse mi ropa interior de la buena suerte, la de Supergirl. A veces es buena idea estar lo más preparada posible, solo por si acaso.

ROPA INTERIOR DE SUPERGIRL

Una cosa de Mimi que me sorprendió

Justo cuando me estaba acabando el desayuno, Mimi entró por la puerta: nunca la había visto con una pinta igual. Por lo general, Mimi y yo no nos vestimos de rosa, pero ese día las dos íbamos distintas a lo habitual. Yo, un poco; Mimi, ¡un montón! Mi ropa interior de Supergirl tenía unas letras rosas, pero Mimi era una explosión de rosa. Ni siquiera los fanáticos del rosa llevan tanto rosa encima. A veces, cuando algo te sorprende muchísimo, cuesta pensar qué decir. Y, aunque no sea tu intención, es posible que te quedes embobada, mirando con la boca abierta a la persona que te ha sorprendido.

TENGO LA BOCA ABIERTA

MIMI VA DE ROSA DE LOS PIES A LA CABEZA

Me alegré de que mamá entrara en la cocina, porque yo seguía sin saber qué decir.

—Veo que hoy estamos alegres, Mimi —dijo mamá—. ¿Y qué es eso que traes ahí? —preguntó, señalando la bolsa que llevaba Mimi.

Yo ni siquiera la había visto: supongo que estaba demasiado sorprendida por tanta exhibición de rosa.

—Son globos —respondió Mimi—. He estado practicando cómo hacer animales con globos.

—¿Animales con globos? Vaya, qué guay.

Me alegré de tener algo sobre qué hablar.

—¿Qué animales sabes hacer?

—No muchos, aún —reconoció Mimi—. Cuesta más de lo que parece. Se revientan enseguida.

LO QUE MIMI SABÍA HACER

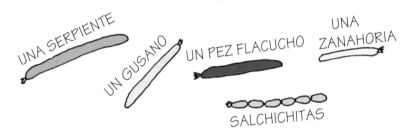

UNA SERPIENTE

UN GUSANO

UN PEZ FLACUCHO

UNA ZANAHORIA

SALCHICHITAS

Lo que sucedió después del desayuno

Decidí no decir nada sobre la vestimenta de Mimi. Sabía exactamente por qué se la había puesto, así que no había más que hablar. Solo esperaba que funcionara.

Mimi y yo pasamos un rato practicando cómo hacer animales con globos, pero mi amiga tenía razón: era difícil. Al final no lo hacíamos mucho mejor que al empezar, pero ¡era divertido!

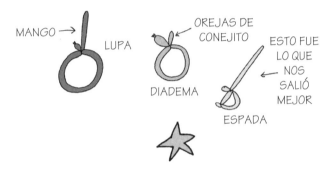

Lo que sucedió el día de la mudanza

De camino a casa de la señora Lago, empecé a ponerme nerviosa. Mimi, en cambio, parecía la mar de feliz y contenta. Me habría gustado sentirme así también. Nada más ver a Amélie, supe que Mimi estaría triste. Amélie llevaba un tutú, como el día anterior, pero en lugar de ser rosa era azul eléctrico.

La madre de Amélie estaba junto a ella.

—*Bon jour, les filles* —dijo.

Molaba que nos hablara en francés, aunque no supiéramos exactamente qué nos estaba diciendo. Yo no sé francés, así que me limité a decir:

—Hola, Yvonne. Hola, Amélie.

La madre de Amélie era de esas madres que quieren que las llames por el nombre.

—¡Lucía! ¡Lucía! ¡Lucía!

Amélie me cogió la mano y empezó a dar saltos.

—¿A que no adivinas cuál es mi color preferido? ¿A que no lo adivinas?

Yo sabía que a los niños pequeños les gusta que te equivoques en las respuestas, así que, aunque sabía que la respuesta iba a ser el azul, dije:

—¿El amarillo? ¿El verde? ¿El lila?

—¡Es el azul! ¿Veis? —gritó, sosteniéndose la falda mientras giraba sobre sí misma para que pudiéramos verla.

Me alegré de que no me hablara solo a mí.

—Y a ti te encanta el rosa —dijo, señalando a Mimi—. A mí me gustaba el rosa hace cinco semanas, pero ahora me encanta el azul.

—Cambia de color preferido casi cada día —intervino Yvonne.

Mimi parecía incómoda, como si quisiera salir corriendo o le hubieran entrado ganas de vomitar, pero se limitó a moverse con inquietud mirando el suelo. Me alegré de que no se fuera.

Cosas que me alegraron

1 A Amélie le gustaron mucho los animales hechos con globos, aunque todos fueran bastante parecidos.

2 No le pidió a Mimi que hiciera de trol ni de ninguna otra criatura desagradable.

3 Yvonne nos preparó bocadillos y limonada para que pudiéramos hacer un picnic en el jardín.

4 A Mimi se le ocurrió una gran idea que nos ocupó la mayor parte del tiempo, y además era una actividad muy divertida.

Lo único malo era que Amélie no hablaba con Mimi. No era borde con ella, pero tampoco se mostraba amigable.

Una cosa increíble

Cuando tocaron las dos del mediodía, no podía creer que ya fuera hora de irnos. Yvonne vino a darnos las gracias por haber cuidado de Amélie y tuvo la buena idea de llevársela a hacer alguna otra cosa divertida; de lo contrario, seguro que se habría disgustado al vernos marchar. Lo sé porque en cuanto Amélie vio acercarse a su madre, dijo:

—No quiero que se vayan. ¿Puede Lucía quedarse a dormir?

Probablemente Mimi no se alegrara demasiado de que Amélie me hubiera mencionado solo a mí, pero fue considerada y generosa y no hizo ningún comentario al respecto.

NO OS PODÉIS QUEDAR A DORMIR. HE DE IR A UNA FIESTA DE CUMPLEAÑOS.

Otra cosa increíble

¡Yvonne nos dio diez euros a cada una! ¡Eso era mucho dinero! ¡Mamá iba a alucinar! Con un poco de suerte, no me haría devolverlos. Por supuesto, dijimos: «Gracias. Gracias. Gracias» unas diez mil veces.

La consecuencia de hacer de niñera

Tanto Mimi como yo estábamos cansadísimas, así que decidimos irnos para casa directamente. Supongo que, aunque pueda parecer bastante divertido, tener un trabajo es duro.

Lo que has de hacer

A veces, cuando te dan algo que no te esperas, necesitas tocarlo una y otra vez para que tu cerebro sea consciente de que es real. Es casi como si esa cosa tuviera poderes mágicos, ya que cada vez que la miras y la tocas te hace alegrarte de nuevo. Al cabo de un rato, mamá me dijo que guardara los diez euros antes de que se me rompiera el billete. Tenía razón, probablemente fuera buena idea. De alguna manera, aquellos diez euros eran especiales, diferentes de los diez euros que la abuela me daba por mi cumpleaños. No quería que se me mezclaran con otros, así que, en lugar de meter el nuevo billete de diez euros en la hucha, lo guardé en mi joyero.

MI HUCHA, QUE ANTES ERA UNA CAJA DE ZAPATOS

Una cosa de la que me alegro

Me alegro de que nadie más que yo vea mis cómics, porque me sentía un poco mal por haber metido a Amélie dentro de aquel Horrible Tutú.

Una cosa de la que por poco me olvido

Cuando ya estaba a punto de quedarme dormida, caí de pronto en la cuenta de que me había olvidado de hacerle señales luminosas a Mimi. Estaba cansadísima, pero salí de la cama igualmente. Es como tener que ir al baño en mitad de la noche. Tu cuerpo quiere quedarse bajo las mantas, calentito, pero tu cerebro sabe que has de levantarte y te obligas a hacerlo. En cuanto hice la primera ráfaga, Mimi me respondió con otra: había valido la pena.

El día de la letra cursiva

Esa mañana fui al colegio feliz y contenta. Íbamos a acabar de aprender todas las mayúsculas en cursiva. El viernes, la señorita Lucero había dicho que si practicábamos lo suficiente, quizá fuéramos capaces de reproducir la escritura elaborada de las invitaciones elegantes. A casi todo el mundo le entusiasmó la idea.

Amélie, en lunes

Mientras esperaba a Mimi, vi a Amélie meterse en el coche con su madre. Cuando me vio, chilló:

—*Au revoir, Lucía!* ¡Voy al colegio!

—¡Yo también! —respondí.

Desde lejos era mona. Por supuesto, ella no iba al colegio de verdad.

Mimi

Me alegró ver que Mimi no se había vestido de azul de pies a cabeza. De hecho, iba bastante normal, salvo por la gran flor en el pelo. No le quedaba mal, solo que no era algo típico en Mimi.

Dos y dos

Empezamos a caminar y cuando llegamos a la esquina, Pablo y Max se unieron a nosotras. Pablo parecía más feliz que el viernes anterior, y Max tenía preparado un montón de preguntas sobre la nueva familia francesa. No me quedó más remedio que responderlas todas yo porque Mimi no hablaba por los codos como de costumbre. Dudo de que a Max le pareciera interesante lo que le estaba explicando, porque en cuanto llegamos al patio nos dijo adiós con la mano y se fue corriendo.

—Los niños son unos maleducados —dijo Mimi, cruzando los brazos con cara de refunfuñona.

Pablo continuaba a nuestro lado, y me sentí en la obligación de decir algo.

—Bueno, puede que no todos los niños.

—Gracias —dijo Pablo; se encogió de hombros, apretó el paso y continuó caminando sin nosotras.

—¿Qué? ¿Estás enfadada con Max o Pablo?

Mimi parecía nerviosa.

—No, estoy bien. No pasa nada.

Antes de que pudiera preguntarle nada más, sonó el timbre y corrimos para no llegar tarde.

Las Risitas

Generalmente, en el colegio, Mimi y yo no nos hacemos mucho con Las Risitas. Las llamamos así porque siempre se están contando secretitos y riendo. No sé qué les hace tanta gracia, pero, al rato, solo estar a su lado ya resulta un fastidio.

Cuando llevábamos en clase una hora más o menos, me di cuenta de que Mimi mostraba cierto interés por Las Risitas. Le preguntó a Alba si le prestaba la goma y después, al devolvérsela, le susurró algo que la hizo reír. Alba es la líder de Las Risitas y vive en una casa llena de hermanas. Mi amiga Andrea me dijo una vez que le habían explicado que todas las hermanas eran unas risitas. No sé si será verdad, pero, si lo es, estar en su casa me sacaría de quicio.

El otro gran motivo por el que sé que a Mimi le interesan Las Risitas

A veces, notas que sucede algo poco habitual, pero no entiendes por qué hasta más tarde. Eso es lo que ocurrió con la flor que Mimi llevaba en el pelo. Al mirarla a ella y mirar después a Las Risitas, me di cuenta de por qué la llevaba.

MIMI   ALBA   SARA   ROCÍO

¡Qué escándalo! ¡Qué sorpresa! ¡Era increíble! Mimi intentaba parecerse a ellas.

Ahora me daba cuenta de por qué había estado tan callada y poco amigable con Max y Pablo: Las Risitas nunca hablan con los niños.

Una cosa de la que me alegré

Me alegré de que la señorita Lucero nos enseñara algo interesante, porque tratar de entender por qué Mimi estaba tan rara me provocaba dolor de cabeza. Decidí no prestarle atención y concentrar todas mis energías en dibujar la mejor D mayúscula que hubiera hecho nunca. ¡Me quedó bastante bien!

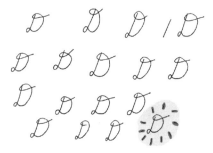

Cuando levanté la vista, Mimi se había quitado la flor del pelo y me sonreía. Normalmente yo habría estado contentísima de que lo hiciera, pero de pronto desconfiaba de ella y no estaba segura de que a la hora de la comida mi amiga no fuera a cambiar de repente para volver a convertirse en una rara.

Lo que sucedió
a la hora de la comida

Nada nuevo. Mimi estaba normal, cosa que me sorprendió. Sin embargo, ya no parecía arriesgado alegrarse de ello. Mimi incluso saludó con la mano a Max cuando lo vio corriendo junto a Pablo. Subimos a las barras trepadoras, jugamos a pelota y fuimos a los columpios: mis juegos favoritos.

Lo que Mimi no mencionó
ni una sola vez

1 Las hadas.

2 Las Risitas.

Una cosa difícil de esconder

Si tienes una amiga que se comporta de forma extraña, cuesta decirle: «Eh, ¿por qué te comportas de una forma tan extraña?». Por alguna razón, resulta más fácil preguntarle sobre lo feliz y lo triste que sobre lo raro. Por eso, aunque Mimi y yo seamos amigas del alma, en lugar de preguntarle: «¿Por qué te comportas de una forma tan extraña?», le dije:

—¿Va todo bien?

Mimi agachó la vista un instante y después dijo:

—¿Crees que le gustaré a mi nueva hermana? ¿Qué pasa si le gustan las cosas de niñas y a mí no? ¿Y si quiere que yo sea como Las Risitas, o que juegue a hadas, o cualquier otra cosa que aún ni se me haya ocurrido? Tú no tienes de qué preocuparte. A las niñas pequeñas les gustas. Como a Amélie: ella te adora, y ni siquiera eres su hermana.

Aquel era un problema demasiado grande como para solucionarlo durante la comida, y más aún cuando faltaban solo tres minutos para volver a clase.

—Oh, Mimi... —dije, y le di un abrazo.

Un abrazo casi siempre ayuda a que alguien que está triste se sienta un poquitín mejor. Además, no se me ocurría nada más que decir.

Estaba contenta y triste al mismo tiempo. Contenta de saber que Mimi continuaba siendo la de siempre, pero triste de pensar que quizás ella creía que ser la Mimi de siempre no iba a ser suficiente.

Lo que sucedió después

Por supuesto, en cuanto supe que Mimi estaba triste, mi poder de la empatía empezó a trabajar rapidísimamente y, claro, me costó mucho más seguir las clases.

1 No era fácil resolver problemas de matemáticas mientras mi cerebro estaba pensando en Mimi.

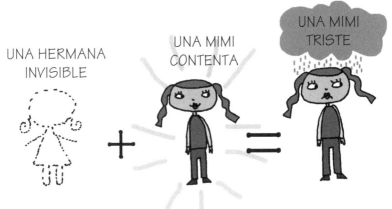

2 No era fácil estudiar los continentes y los océanos del mundo mientras mi cerebro estaba pensando en Mimi.

Para cuando acabaron las clases, yo estaba tan triste como ella.

La única cosa que tenía clara

Aunque a la hermana de Mimi le chiflaran el rosa, las muñecas y hacer cosas de chicas, seguro que adoraría a Mimi, ¡porque Mimi era divertida, genial y fantástica! Y, después de estar con ella y hacer cosas con ella, la nueva hermana no podría evitarlo: acabaría adorando a Mimi tanto como la adoraba yo. Y, justo en aquel momento, al pensar aquello, se me ocurrió lo que tenía que hacer.

Mi señal de la buena suerte

De camino a casa, no le hablé a Mimi de mi plan. Quería hacerlo, pero la parte de mí que deseaba que fuera una buena sorpresa pesaba más que la parte de mí que quería contárselo, así que guardé el secreto. Lo que sí intenté fue animarla hablándole de otras cosas.

Lo más importante de lo que hablamos fue de El Gran Dani, un mago que vendría al colegio a hacer trucos de magia. Todos los niños albergaban la esperanza de que serrara a alguien por la mitad. A la mayoría le gustaría que serrara por la mitad a la señora Cañada, una de las marimandonas que se aseguran de que todo el mundo haga fila correctamente cuando suena el timbre. Grita mucho, especialmente a los niños.

Justo cuando estábamos hablando de El Gran Dani, pasamos junto a un cartel suyo que estaba pegado a un poste de la luz. Mimi quiso pararse a mirarlo bien para que pudiéramos reconocerlo si lo veíamos por ahí. Nos preguntábamos si en la vida real haría trucos de magia, por ejemplo en el colmado. Probablemente un buen mago pudiera timar siempre a la gente sin que nadie se diera ni cuenta. Podía pagar al tendero y después, cuando este no mirara, utilizar sus trucos para volver a meterse el dinero en el bolsillo sin que el dependiente lo viera… Cosas como esas.

—Si lo vemos en el colmado, deberíamos espiarlo —dijo Mimi.

La sola idea resultaba emocionante.

Mientras Mimi memorizaba su cara, fui pensando más cosas sobre mi plan. Y entonces, por ningún motivo en concreto, bajé la vista y allí, junto a mi dedo gordo rosado, vi una piedra blanca de una redondez casi perfecta. Ni que decir tiene que tuve que recogerla.

—¡Eeecs! —exclamó Mimi—. ¿Y si se ha meado un perro encima?

Pero ya era demasiado tarde: me la había metido en el bolsillo.

Lo que quería Mimi

—¿Quieres venirte a mi casa? —me preguntó Mimi—. Podríamos trabajar en la habitación.

Aquella pregunta era difícil de responder. Quería ir a su casa y estar con ella, pero también quería llegar a la mía para poner en marcha mi gran plan. Para tenerla contenta y evitar que sospechara, dije:

—Vale, pero solo puedo ir una hora.

Una cosa que nos llevó una hora

Nos llevó una hora entera decidir qué pared pintaríamos de rosa, básicamente porque Mimi cambiaba de opinión a cada momento. Al final, creo que escogió la correcta.

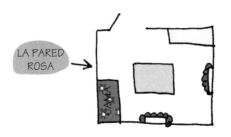

LA PARED ROSA

MIMI ESCOGIÓ ESTA PARED PORQUE ERA LA MÁS GRANDE Y NO TENÍA NADA QUE ESTORBARA: NI VENTANAS NI ARMARIO

Lo que hice nada más llegar a casa

Puse en marcha mi gran plan. Haría una función de teatro de sombras chinescas en mi ventana para que Amélie y Mimi lo vieran juntas desde la habitación de Mimi. Incluso tenía el nombre para la función. Con mi mejor letra cursiva, escribí el título en un papel negro. Quedaba genial. Lo único difícil era recortar todas las partes blancas para que se vieran solo el corazón negro y las palabras negras.

Tenía suerte de que nos estuvieran enseñando a escribir en cursiva, porque si quieres recortar palabras y que todas las letras queden juntas, la única forma de hacerlo es escribiendo en cursiva.

SI LEVANTAS EL PAPEL, LA PALABRA QUEDA JUNTA

LA PALABRA NO QUEDARÁ JUNTA

Un plan para el que no sabía el nombre

El tipo de plan que tenía en la cabeza probablemente tuviera un nombre. Era el tipo de plan en el que el público de la función (Mimi y Amélie) no sabría que mirar la función era solo una parte del plan. El hecho de que estuvieran juntas e hicieran cosas juntas sería la otra parte del plan. Estaba segura de que Amélie acabaría estando encantada con Mimi cuando pasara tiempo con ella y descubriera lo divertida y especial que era.

Cómo puede suceder eso

Amélie necesitaba querer a Mimi como me quería a mí. Y si Amélie pasaba tiempo con Mimi y hacía cosas con Mimi, no podría evitarlo. En poco tiempo querría a Mimi tanto como me quería a mí.

122

Primera parte del plan

Era difícil decidir qué parte del plan debía ser la primera. Cuando estás empezando una cosa, puedes arrancar desde muchos puntos. Decidí que mi primera parte debía empezar con Augustine Dupré. Por suerte para mí, aún no era la hora de la cena, así que todavía me estaba permitido bajar a visitarla.

LA CABEZA ESTÁ SOBRE UN BONITO COJÍN

Cuando entré, Rayas estaba echado en el sofá, como de costumbre.

—Creo que tiene miedo de Amélie —dijo Augustine Dupré—. Se pasa el día aquí.

No dije nada, pero, por supuesto, si yo fuera gato, también preferiría a Augustine Dupré antes que a Amélie. Pero no quería perder tiempo hablando de Rayas, así que le expliqué mi plan a Augustine Dupré. Y, justo como yo esperaba, dijo que hablaría con Yvonne y lo dispondría todo para que Amélie pudiera ir a casa de Mimi.

Segunda parte del plan

No siempre resulta fácil explicar grandes ideas a los adultos. La madre de Mimi es majísima, pero lo que tenía que pedirle no era el tipo de cosa a la que acostumbraba a dar su aprobación. Iba a pedirle que rompiera una de sus grandes reglas —la que le prohibía a Mimi tener comida en la habitación—, y eso me ponía nerviosa.

Lo único bueno de la segunda parte del plan era que tenía que esperar hasta el día siguiente para llevarla a cabo, porque mamá me estaba reclamando para la cena.

Tercera parte del plan

Después de cenar, empecé la tercera parte del plan. A veces has de ser capaz de saltarte el orden de un plan sin preocuparte demasiado. Y me alegré de haberlo hecho, porque elaborar la invitación fue muy divertido.

Una cosa difícil de esconder

1 Estar realmente de buen humor.

ANALOGÍA DEL BUEN HUMOR

LLENO HASTA LOS TOPES

RECIPIENTE DE PLÁSTICO LLENO DE UN PUDIN RIQUÍSIMO

SI QUIERES TAPARLO, PARTE DEL PUDIN SE DERRAMA PORQUE HAY DEMASIADO

YO ⟶ EL RECIPIENTE DE PLÁSTICO

EL BUEN HUMOR ⟶ EL PUDIN RIQUÍSIMO

De quién cuesta esconderse

1 De tus padres.

En el desayuno, tanto mamá como papá dijeron:

—¿Por qué estás de tan buen humor hoy?

Por suerte para mí, ya tenía pensada una respuesta.

—Hoy viene al colegio un mago muy guay. Se llama El Gran Dani y hace trucos de todo tipo. Puede que incluso sierre a alguien por la mitad.

Cuando hay algo nuevo e interesante en el colegio, mamá y papá siempre dicen algo así como: «¡Ojalá pudiera ir al colegio! Cuando nosotros éramos pequeños no teníamos esas cosas. Nos pasábamos el día trabajando». Y después se miraban el uno al otro y sacudían la cabeza. Me alegro de no haber sido niña cuando ellos eran pequeños. Debía de ser muy aburrido.

2 De tu mejor amigo.
Cuando vi a Mimi, intenté no parecer emocionada ni feliz, pero, a pesar de ello, ella supo que le ocultaba algo.

—¿Por qué estás tan sonriente? —preguntó.

Intenté utilizar la misma excusa de El Gran Dani, pero justo cuando estaba explicándole lo divertido que imaginaba que sería, llegó Pablo.

—Ey, ¿estáis hablando de El Gran Dani?

—Sí —respondí yo—. Espero que sea bueno, porque me encantan los trucos de magia.

Pablo no parecía ilusionado.

—No es un mago —dijo—. Es un mates-mago: hace trucos con números. Cosas aburridas de matemáticas.

—Ohhh —dijo Mimi.

Me quedé mirando a Pablo.

—Es verdad —dijo él.

Por mucho que no quisiera, le creía. Ahora el colegio no iba a ser tan divertido como yo había pensado. Debería haberme imaginado que intentarían colarnos unas cuantas lecciones en una actividad que se suponía que iba a ser divertida.

Ahora ya no estaba tan contenta como antes. Mi buen humor exultante se había convertido en un buen humor medio.

AHORA YA NO TENGO QUE FINGIR QUE NO SOY SUPERFELIZ.

El Gran Dani

¡SORPRESA! ¡El Gran Dani **era** muy grande! Hizo muchos trucos matemáticos que eran problemas matemáticos, pero los mezclaba con historias y trucos de magia reales, así que era divertido. Yo creía que se iba a pasar el rato sumando y restando, pero no fue así en absoluto.

Mi truco favorito fue cuando hizo una receta con todo tipo de cosas. Antes de empezar el truco, preguntó un número al público. Entonces El

Gran Dani puso todas aquellas cosas en un cubo para hacer la receta. Al final del truco, en el cubo solo había una serpiente de peluche larguísima. Incluso utilizó la expresión «¡Tachán!», que es una de mis expresiones preferidas y que casi había olvidado.

Era tan bueno que solo un par de niños se quejaron de que no hubiera serrado a nadie por la mitad. Seguramente no les gustaban las matemáticas o la señora Cañada.

1

DECIDME UN NÚMERO ENTRE EL UNO Y EL VEINTE, POR FAVOR.

2

EL PÚBLICO DIJO EL DOCE, ASÍ QUE METIÓ DOCE COSAS EN EL CUBO

LO QUE METIÓ EN EL CUBO

UN PAPEL DE CARAMELO

UNA BOLITA DE ALGODÓN

UN LÁPIZ

UN OVILLO

UN ZAPATO

UN BOTÓN

UN CEPILLO DE DIENTES

UNA MANZANA

UN CALCETÍN LIMPIO

UN PERIÓDICO

UNA BOTELLA DE AGUA

UN COCHECITO DE JUGUETE

TAPÓ EL CUBO CON UN TRAPO Y DIJO QUE IBA A MULTIPLICAR LO QUE HABÍA DENTRO DICIENDO: «¡TACHÁN!»

⑤

DIJO:

¡TACHÁN!

HABÍA 1 X 12

DESPUÉS DIJO:

¡TACHÁN!

HABÍA 2 X 12

⑥

RETIRÓ EL TRAPO DEL CUBO. DENTRO HABÍA ALGO

ERA UNA SERPIENTE RIDÍCULA
DE 24 CENTÍMETROS DE LARGO

$$2 \times 12 = 24$$

EL CUBO
ESTABA
VACÍO

Cómo nos sorprendió la señorita Lucero

Dijo que teníamos que escribir una nota secreta en letra cursiva y pasársela a la persona que teníamos a la derecha. Aquella era la primera vez que nos pasábamos una nota a propósito. La señorita Lucero dijo que teníamos que estar seguros de que la nota fuera algo bonito, nada que pudiera herir los sentimientos de nadie.

—No quiero que escribáis: «Tus deportivas huelen a queso podrido» —dijo, y todos nos reímos y bromeamos sobre el tema.

Pablo estaba sentado a mi derecha, lo cual era una suerte para mí, porque ya tenía la frase perfecta para él.

He encontrado una piedra para ti.

Sol me dio su nota. Tenía una letra excelente, cosa que no me sorprendió. Era agradable que me hubiera escrito un cumplido.

Creo que eres muy maja y me gusta tu pelo.

Lo que sucedió tras el colegio

Pablo quiso acompañarnos a Mimi y a mí para que le diera su piedra. Estaba bien que Mimi volviera a ser normal y se llevara bien con Pablo. Cuando llegamos a la puerta de mi casa, Amélie vino corriendo.

—Hola, Lucía.

Me cogió de la mano como si fuéramos amigas del alma. También saludó a Mimi, aunque no dijo su nombre, y eso me supo mal. Mamá dice que cuando nos encontramos con una persona hemos de saludarla por su nombre, porque eso la hace sentirse más especial. Y tiene toda la razón del mundo.

AQUÍ TENÉIS UN EJEMPLO

Presenté a Amélie a Pablo, pero la pequeña dijo que ya le había conocido cuando Pablo había ido a buscar su bote de piedras. Se limitaron a sonreírse mutuamente sin decir nada.

Ese día Amélie llevaba un tutú amarillo. De pronto me asaltó la idea de que probablemente tuviera una gran colección de tutús de todos los colores.

Lo que sucedió después

La madre de Amélie, Yvonne, vino para llevársela a rastras a su casa. Fue un alivio, la verdad: tenía que preparar muchas cosas para la función y aún no había hecho los deberes. No me quedaba más tiempo libre para jugar con Amélie. Los demás se fueron todos a casa, excepto Pablo, que se quedó esperando en las escaleras de la entrada mientras yo iba a buscar su piedra.

ESPERO QUE SEA UNA BUENA PIEDRA.

Una cosa que yo nunca diría

«¡Vaya! Es una piedra fantástica: gracias». Pero, viniendo de Pablo, sonó muy normal y me hizo feliz.

Vi una cosa poco habitual

En cuanto Pablo se hubo marchado, vi a Mimi en la entrada de la señora Lago. Hablaba con Yvonne y con Amélie. Normalmente habría salido corriendo a ver qué se cocía, pero esta vez me escabullí a casa de Mimi para hablar con su madre sobre la segunda parte.

Una cosa que sienta bien

La madre de Mimi es majísima. Después de haberle contado mi plan, me costaba recordar por qué había creído que iba a ponerme nerviosa al hablar con ella. Dijo que sí a la parte dos del plan, y lo mejor de todo es que Mimi ni siquiera me vio con ella. La función continuaba siendo una sorpresa y yo estaba encantada: así todo era aún más emocionante.

Cuando ya estaba de vuelta en mi jardín, Mimi regresó de casa de la señora Lago.

—Le estaba dando a Yvonne mis viejos hula-hoops para Amélie —dijo Mimi.

—Buena idea —opiné yo.

Mimi no pudo hablar más porque su madre la llamó para la cena. Cuando le dije adiós con la mano, me pareció que su madre me guiñaba un ojo, claro que puede que se le hubiera metido un bicho. Era difícil saberlo con exactitud, pero estaba bastante segura de que había sido un guiño.

Cuarta parte del plan

La cuarta parte del plan era aquella en la que había que elaborarlo, y probablemente iba a tardar mucho en acabarla. Lo malo de un gran plan es que cuando lo ideas, todo es emocionante y parece rápido y fácil de acabar. Pero cuando empiezas a trabajar en ello te das cuenta de que te habías equivocado: la elaboración no va a ser tan rápida y fácil después de todo.

Cómo hacer un títere para un espectáculo de sombras chinescas

A HAZ UN DIBUJO
Para dibujar sobre papel negro es mejor emplear un lápiz blanco.

Así se puede ver mejor la línca.

B RECORTA EL DIBUJO

Puedes usar tijeras.

Quinta parte del plan

Pedirle ayuda a mamá.

Mamá iba a recortarlo todo y yo dibujaría. Si ella me ayudaba, no me llevaría tanto tiempo hacerlo. Mamá dijo que estaba encantada de echarme una mano. Se alegró especialmente cuando le dije que la idea se me había ocurrido al pensar en algo que ella había hecho por mí.

Lo que mamá había hecho por mí la primera vez que me quedé a dormir en casa de Mimi

Aunque Mimi viva en la casa de al lado, cuando yo era pequeña tenía miedo de dormir en una cama que no fuera la mía. Tenía muchas ganas de dormir en casa de mi mejor amiga, pero no quería renunciar a que mamá me diera las buenas noches. Y entonces mamá me dijo que tenía una sorpresa para mí: cuando fuera la hora de acostarse, quería que me asomara por la ventana de Mimi y mirara hacia la ventana de mi habitación.

Este es el espectáculo que preparó para mí. Empezaba en la ventana 1 y acababa en la ventana 3.

ESTO ES UN PALILLO
PEGADO QUE SUJETA
TODA LA PALABRA

MAMÁ DEJÓ ENCENDIDA
TODA LA NOCHE LA LUZ
DE MI HABITACIÓN PARA
QUE PUDIERA MIRAR HACIA
LA ESTRELLA DE LA VENTANA
SIEMPRE QUE QUISIERA

Mamá siempre me llamaba estrellita, así que ese espectáculo era perfecto para mí.

Así es como lo hizo mamá

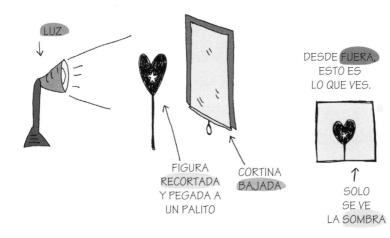

LUZ

FIGURA
RECORTADA
Y PEGADA A
UN PALITO

CORTINA
BAJADA

DESDE FUERA,
ESTO ES
LO QUE VES.

SOLO
SE VE
LA SOMBRA

Lo que llevaba Amélie el jueves

Amélie llevaba un tutú verde. No vio que la estaba mirando desde el jardín delantero de casa, así que la llamé y agité la mano para saludarla. Aquello era nuevo para mí: nada de esconderse.

Mimi salió unos minutos después y dimos un agradable paseo hacia el colegio, solo nosotras dos.

La cosa más importante que sucedió en el colegio

Lo único interesante que ocurrió ese día en el colegio fue que la señorita Lucero le puso a Eduardo 1 una estrella de oro en la carpeta por aguantar todo el día sin jugar con las tiras de Velcro de sus zapatos. Seguramente para Eduardo 1 fue un día muy especial, pero al resto nos pareció como cualquier otro día, solo que sin el sonido del Velcro.

Lo que sucedió después del colegio

Le dije a Mimi que quería irme a casa para hacer los deberes, aunque lo cierto era que tenía que trabajar en la función. Mimi dijo que ella iba a darle vueltas al diseño de la habitación de su hermana. Estaba claro que aún la inquietaba no hacer la elección más acertada, ya que ahora se planteaba decorar la habitación con ositos de peluche. El día anterior había dicho que serían conejitos, o patitos, o globos. Le estaba costando decidirse. Me daba la sensación de que el proyecto de la habitación de su hermana no estaba resultando tan divertido como ella había creído en un principio.

Mimi está muy preocupada.

Lo que sucedió mientras mamá y yo estábamos trabajando

Augustine Dupré subió a decirme que todo estaba a punto para el viernes por la noche. Dijo que Yvonne traería a Amélie a las siete y media. Seguro que a ella también le habría gustado ver la función, pero era una representación especialmente dedicada a Mimi y Amélie.

Una cosa agradable

Es agradable irse a dormir pensando que estás lista para hacer algo en lo que llevas tiempo trabajando. Sabía que mamá y yo acabaríamos a tiempo y en mi cabeza todo iba a funcionar a la perfección. Tenía que ser así.

Lo que sucede cuando estás muy agitada

Te vistes, desayunas y estás preparada para ir al colegio a las 7:14 de la mañana.

CABELLO PEINADO

CHAQUETA PUESTA

DESAYUNO EN LA BARRIGA

DEBERES EN LA MOCHILA

Una cosa no tan agradable

Estar preparada para ir al colegio cerca de una hora antes y no tener nada más que hacer que dejar pasar el tiempo, porque el colegio no empieza hasta las 8:45. Mamá me hizo esperar hasta las 8:00 y entonces por fin me dejó ir a casa de Mimi a darle la invitación. Cuando llegué allí tuve que esperar aún un poco más, porque Mimi todavía estaba arriba vistiéndose.

Lo que dijo Mimi
al ver la invitación

—¡OH, LUCÍA! ¿QUÉ ES ESTO? ¿ES PARA MÍ? NO ME LO PUEDO CREER. ¡¡EXPLÍCAMELO!! ¡¡EXPLÍCAMELO!!

Y entonces empezó a dar saltitos como hace siempre que se emociona mucho. Si te hubieras pasado cuatro días preparando una función especial para tu mejor amiga, esa es justamente la reacción que habrías deseado que tuviera cuando lo descubriera.

Lo que le expliqué a Mimi sobre la función

Nada. Le dije:

—Mimi, no te puedo contar nada. Es una sorpresa.

Se me hizo largo

Cuando estás esperando a que pase algo que sucederá al final del día, el tiempo que precede ese momento se te hace eterno. Parecía que el colegio no se iba a acabar nunca. Aunque pasaron cosas buenas, el tiempo transcurría muy lentamente.

Las cosas buenas que pasaron

1 Vimos un vídeo de un elefante que sabía escribir las palabras «amor» y «esperanza» en cursi-

va. La señorita Lucero nos dijo que era un elefante macho, y que si un elefante macho podía escribir en cursiva, entonces un niño debería ser capaz de hacerlo también. A todo el mundo le pareció bastante divertido, incluso a los niños.

2 El cumpleaños de Lucía F. era ese sábado, de modo que comimos magdalenas de arándanos para merendar. Habría preferido cupcakes, pero el señor Hierro se había propuesto que comiéramos menos dulces, así que la madre de Lucía F. tuvo que hacer magdalenas.

3 Como tardamos mucho en comernos las magdalenas, la señorita Lucero canceló la prueba de ortografía prevista para ese día y dijo que la haríamos el lunes siguiente.

CABEZA LIBRE DE PENSAMIENTOS SOBRE ORTOGRAFÍA

4 El padre de Mario Martín vino a clase a enseñarnos su banjo. Tocó dos canciones y estuvo muy bien. Dijo que no sabía tocar la guitarra, cosa que me sorprendió porque los dos instrumentos se parecen bastante. Me habría gustado que se quedara más rato para no tener que hacer matemáticas, pero la señorita Lucero no le dejó tocar más canciones ni responder a más preguntas, así que tuvo que marcharse. Realmente es quien manda en la clase, incluso cuando hay un padre de visita.

LO SIENTO, CHICOS, TENGO QUE IRME.

LO HA DICHO LA SEÑORITA LUCERO.

Por fin

Cuando sonó el timbre, Mimi y yo salimos directas para casa. Ella tenía que ordenar su habitación y yo, acabar de preparar la función con mamá.

Lo que dijo mamá

Justo antes de que llegara Amélie, mamá me dijo que, pasara lo que pasara, estaba muy orgullosa de mí. Me gustó que me lo dijera, y esperaba que tuviera presente esa sensación positiva cuando se le pasara por la cabeza enfadarse conmigo por cualquier cosa.

Un rato antes, mientras preparaba las cosas para la función, no estaba preocupada por nada, pero, en cuanto lo tuve todo listo, la espera se me hizo eterna. ¡Parecía que Augustine Dupré no iba a traer nunca a Amélie! De repente mi cerebro empezó a pensar en todo lo que podía ir mal, y no me resultaba fácil pararlo.

Sentí un gran alivio al oír que Amélie gritaba:

—¡Lucía! ¡Lucía! Ya estoy aquí. Ya no tienes que esperar más.

El comienzo

Amélie me dio un gran abrazo y, por una vez, me alegré de ello. Como siempre, llevaba un tutú. Esta vez era lila.

—Es el tutú que va mejor para hacer giros —explicó.

Y entonces hizo un giro para demostrármelo.

—Tienes razón —coincidí—. Es genial.

Tras cinco giros más, salimos hacia casa de Mimi.

AMÉLIE HACIENDO UN GIRO

Estaba empezando a anochecer, así que había la luz perfecta para hacer un espectáculo de sombras chinescas.

Mimi también estaba muy alborotada y enseguida me di cuenta de ello, porque en lugar de esperarnos dentro de casa salió a nuestro encuentro al jardín. Me costó mucho fingir que no estaba nerviosa. Cuando nos hubimos saludado, las tres subimos a la habitación de Mimi.

Justo cuando llegamos, dije:

—¿Te acuerdas de aquel juego tan divertido de dar palmas al ritmo de las canciones? Jugábamos a eso en el colegio.

Era uno de esos juegos en el que uno se encarga de hacer una rima mientras los demás baten las palmas. El año anterior, Mimi y yo nos habíamos pasado el día jugando a eso, así que esperaba que mi amiga lo recordara.

—¿El de las palabras inventadas? —preguntó Mimi.

¡Sí! ¡Se acordaba!

—¡Ese! Cuando veas las manos, enséñaselo a Amélie.

Por supuesto, Mimi no sabía de qué le hablaba, pero yo esperaba que lo entendiera cuando empezara la función.

Me alegré de ver que su habitación estaba superlimpia y superordenada. Había dos sillitas delante de la ventana. Miré hacia mi habitación y de pronto se me empezaron a calentar las orejas, cosa que solo me ocurre cuando me pongo nerviosa o cuando paso vergüenza. No es una sensación que me guste.

No podía quedarme por allí. Tenía que irme.

—Mimi, no abras esto hasta que veas la señal por la ventana —dije mientras le entregaba cuatro bolsas marrones con grandes números, y entonces salí corriendo escaleras abajo.

—Ten cuidado —gritó la madre de Mimi.

Pero yo estaba demasiado nerviosa como para ir más despacio.

LAS CUATRO BOLSAS

Lo malo de mi plan

Lo único malo de mi plan era que no tenía manera de saber lo que pasaba en la habitación de Mimi. No sabría si Mimi y Amélie se lo estaban pasando muy bien o muy mal. Una vez comenzara la función, tendría que continuar hasta el final, con la esperanza de que todo saliera bien.

La función

Esto es lo que Mimi y Amélie vieron en mi ventana, sentadas tras la ventana de mi amiga.

Era divertido hacer que el delfín nadara arriba y abajo. El delfín es uno de mis animales preferidos, así que me esforcé aún más para que quedara bien.

Cuando Mimi abrió la bolsa, encontró dentro una nota que decía: «Explícale a Amélie que tu padre hace de delfín y dile qué se siente al subirse

a su espalda, porque a Amélie le gustan las sirenas y un delfín nadando probablemente sea como
una sirena nadando».

Había llegado el momento de lo que más le
gustaba a Amélie: hacer giros de ballet.

Esta parte me resultaba muy fácil, porque con
solo hacer girar la figura de la princesa, la ima-
gen quedaría genial.

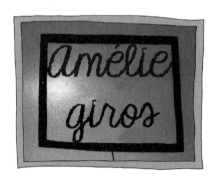

Por supuesto, Amélie no sería capaz de leer nada de eso, pero yo estaba segura de que en cuanto Mimi le dijera lo que ponía, Amélie empezaría a hacer giros: era una auténtica experta; dar vueltas y más vueltas era una de las cosas que más le gustaba hacer.

Entonces levanté la señal para que Mimi hiciera lo mismo y en mi imaginación las vi a las dos girando como locas por la habitación. No podía verlas, pero solo pensar en ello me hizo sonreír y me puse muy contenta.

Esta es la bolsa para la que tuve que pedir permiso a la madre de Mimi, ya que dentro había unos cuantos donuts de mermelada y varios tetrabriks de zumo. Como Amélie seguramente iba a pringarlo todo al comerse los donuts, era conveniente saber que la madre de Mimi estaba al corriente y no iba a enfadarse al ver que había restos de comida en la habitación de su hija.

Ahora me tocaba esperar un rato sin hacer nada. Esa era la parte difícil: intentar imaginar cuánto tardarían en acabarse los donuts y el zumo. Cuando hubo pasado tiempo suficiente, volví a retomar la función.

Esperaba que Mimi recordaría lo que habíamos hablado en su habitación.

 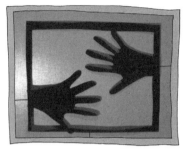

Recité mentalmente el poema de las palmas mientras movía las manos recortadas adelante y atrás.

Había llegado el momento de la bolsa número tres. Esta era una de mis favoritas.

Dentro de la bolsa número tres había dos paños de cocina, dos pinzas de la ropa y cinta adhesiva amarilla que mamá me había dejado coger. La nota de dentro le decía a Mimi que hiciera dos capas, una para ella y otra para Amélie, y que después pusiera su música preferida y saltara sobre la cama hasta que se acabara la música. No le había preguntado a la madre de Mimi sobre esto, y creo que había hecho bien, ya que probablemente me habría dicho que no. La madre de Mimi no es de las que te deja saltar encima de la cama. Dentro de la bolsa metí estos dibujos para que Mimi entendiera mejor lo que esperaba que hiciera.

HAZ LAS LETRAS CON LA CINTA ADHESIVA

M A

VISTA POSTERIOR

PINZAS DE LA ROPA

VISTA FRONTAL

Mimi es muy buena confeccionando cosas y una artista cosiendo, así que apuesto a que no tuvo ningún problema. Me habría encantado poder ver esta parte. Hice que un pequeño superhéroe volara por la ventana, básicamente para tener algo que hacer mientras ellas botaban de acá para allá.

La bolsa número cuatro estaba llena de barritas luminosas, de esas que se rompen y brillan en la oscuridad. No me hizo falta darle instrucciones porque todo el mundo sabe cómo funcionan. En cuanto vi a Mimi y a Amélie moviendo sus barritas, levanté mi último letrero.

Lo que hice cuando vi las barritas luminosas

Sonreí con todas mis ganas, me puse a saltar como una loca, y después me dejé caer de espaldas sobre la cama con los brazos bien estirados, como una estrella de mar.

Sentía un gran alivio. Mamá continuaba mirándome a escondidas desde la esquina, así que al final me levanté. Supongo que se moría de ganas de saber cómo había salido. Y yo también.

Lo que ocurrió en casa de Mimi

En cuanto llegué a la puerta de su casa, la madre de Mimi se llevó el índice a los labios y me pidió silencio con un siseo. Hizo bien, porque yo iba a llamar a Mimi a gritos. Cuando estás agitada, cuesta menos gritar que estar en silencio. Subí las escaleras sigilosamente y entré en la habitación de Mimi.

Lo que vi

A Amélie durmiendo en la cama de Mimi.

Lo que sentí

Los brazos de Mimi alrededor de mi cuello dándome el abrazo más grande de toda mi vida.

Lo que dijo Mimi

Mimi dijo que la función había sido asombrosa, impresionante, maravillosa y fantástica, pero de todo lo que dijo lo mejor fue:

—Creo que ahora le gusto a Amélie.

Lo que sucedió después

Yvonne vino a buscar a su hija, pero como Amélie se había dormido, Mimi preguntó si podía dejarla pasar allí la noche. Yo añadí que también me quedaría. Y entonces las dos pusimos cara de corderito degollado para que no pudiera negarse. Al principio parecía que no iba a estar de acuerdo, pero después cambió de opinión. Creí que Mimi chillaría de alegría, pero contuvo muy bien la emoción: no quería despertar a Amélie para que no tuviera que irse.

Regresé corriendo a casa a buscar el pijama y el neceser y, cuando estuve de vuelta en la habitación de Mimi pusimos los sacos de dormir en el suelo, uno al lado del otro. Las dos teníamos ganas de comentar la noche.

—Cuéntamelo todo —le dije.

Mientras la escuchaba, y a pesar de lo interesada que estaba, no pude evitarlo: me dormí apenas Mimi había empezado su relato.

La única vez que recuerdo que levantarse en mitad de la noche haya sido algo positivo

Tuve que levantarme en mitad de la noche para ir al baño y, por casualidad, miré por la ventana. Esto es lo que vi en mi ventana:

Era como el UALA, MAMÁ, pero para mí.

¡Tenía la mejor madre del mundo! Y sin duda intentaría recordarlo cuando no estuviera de buenas con ella.

Lo que sucedió al día siguiente

Lo primero que sucedió nos sorprendió tanto a Mimi como a mí: Amélie se despertó a las seis y media. Eso es prontísimo para un sábado. Al principio se sintió un poco desconcertada al ver que aún estaba en la habitación de Mimi, pero después le entusiasmó la idea de haber dormido fuera de casa por primera vez, como una niña mayor.

Pensé que la madre de Mimi refunfuñaría al ver que nos levantábamos tan pronto y al oír a Amélie saltando sobre la cama y armando tanto ruido, pero no se enfadó ni un poquito. Opinó que les serviría de práctica para cuando llegara la nueva hermanita. En cuanto dijo eso, Amélie preguntó:

—¿Vais a tener una hermanita? ¿Y también dormirá en la cama de Mimi?

La madre de Mimi se tapó la boca, pero ya era demasiado tarde. Había explicado el secreto.

Lo que todos sabíamos

Que Amélie no sabría guardar el secreto muy bien.

Cómo ayudó Amélie a Mimi

Amélie estaba emocionadísima ante la idea de que Mimi fuera a tener una hermanita y no paraba de hacer preguntas. Básicamente quería saber dónde dormiría la hermanita. Mimi la llevó a la habitación de su nueva hermana. No tenía un aspecto fabuloso, porque aún no estaba decorada.

—¿De qué color la vais a pintar? —preguntó Amélie.

—Una pared será rosa —dijo Mimi.

Amélie miró alrededor y dijo:

—¿Y las otras paredes van a ser de topos de todos los colores?

Y así fue como Mimi encontró la decoración perfecta para la habitación: con redondas de todos los colores del arcoíris.

PARED CON
CÍRCULOS DE
COLORES

Teníamos razón en que

Después de desayunar, Mimi y yo llevamos a Amélie a su casa. Pablo estaba en la puerta de la señora Lago. Nada más verlo, Amélie dijo:

—¿Sabes qué? ¿Sabes qué va a tener Mimi?

Amélie era malísima guardando secretos.

Otra cosa que me sorprendió

Amélie estaba esperando a que Pablo lo adivinara, pero él no decía nada, así que le dio una pista.

—Es una cosa monísima y divertida.

Pablo parecía nervioso.

—¿Te rindes? —preguntó Amélie, pero no esperó a que él contestara—. ¡Una hermana! Mimi va a tener una hermanita. Y yo la estoy ayudando para que aprenda todo lo necesario sobre las hermanas pequeñas.

Pablo parecía aliviado.

—Vaya, es genial. Pensaba que ibas a decir que iba a tener un gato.

Cómo podía olvidar Pablo que Mimi era alérgica a los gatos es otro de los grandes misterios de Pablo.

Y entonces, sin ni siquiera hacer una pregunta sobre aquel tema o cualquier otro, Pablo dijo:

—Vale, ¿estás preparada para buscar piedras?

—¡Pues claro! —exclamó Amélie.

—Adiós, Lucía. Adiós, Mimi. Tengo que irme. Voy a buscar una colección de piedras.

Mimi y yo nos miramos mutuamente con la boca abierta, porque eso es lo que tienes que hacer cuando te quedas pasmada.

Y entonces Mimi dijo una cosa que era perfecta, porque, a veces, cuando en tu mundo están sucediendo un montón de cambios, es agradable hacer algo normal y conocido.

Fuimos hacia casa de Mimi sin decir palabra, pero, aunque mi boca no se movía, mi cerebro estaba trabajando mucho. Pensaba en cómo se habían conocido Pablo y Amélie, en cómo se habían gustado Pablo y Amélie, y en cómo finalmente Mimi le gustaba a Amélie. Entonces, cuando me volví para mirarlos por última vez, se me ocurrió algo nuevo.

Y, por primera vez en mi vida, pensé: «La nueva hermanita de Mimi probablemente también hará que me lo pase muy bien». Fue un pensamiento oportuno, ya que cuando entramos en casa, la madre de Mimi se nos acercó y nos dio un agrazo gigante.

—¡Buenas noticias! —exclamó—. ¡Hemos pasado las pruebas de paternidad! Ahora solo nos queda la prueba de la casa.

—¡Oh, Dios mío! —gritó Mimi—. He de ir a limpiar mi habitación.

Tenía razón. Su habitación volvía a estar hecha un desastre y, por mucho que a mi estómago le apeteciera el pan de plátano, conseguí que ganara mi cerebro. Mimi necesitaba mi ayuda, y a veces en la vida hay cosas más importantes que la comida.